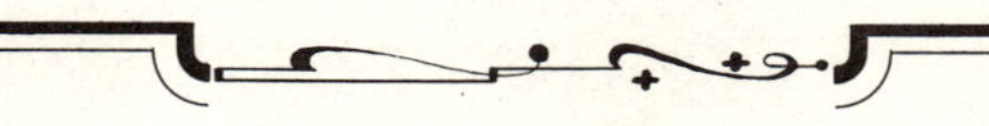

メディアワークス文庫

七姫物語

東和国秘抄 ～四季姫語り、言紡ぎの空～

高野 和

目　次

序　命月(みことづき)　一月

「この子にしようぜ」

降ってきた言葉にまぶたを開く。

私の頭の上に、背高(せいたか)さんが一人。

「ほら、背筋が素直でさ、着飾れば、いいとこの嬢ちゃん出来るよ」

ひょいっと身軽に、背高さんが身を屈(かが)めてくる。

私の顔を覗(のぞ)きこんでくる、笑った口元。

「ようっ、名前なんて言うんだ？」

私に向けられた明るい声。

顔を上げて見えたのは、男の人の匂いがする笑顔。

若い大人の顔。彫りが深くて、硬そうな頬の骨がくっきりしていた。

華やかに伸びた黒髪の下に、強い癖のある笑い方。

その匂いが恐(こわ)くて、間近に垂れ下がった窓掛(まどかけ)の後ろへ隠れる。

埃っぽい布地が、私をほとんど覆い隠してくれた。

「かぁっ、逃げたぞ？　この俺見てよ」

背高さんが声を上げた。空気が揺れるような声。

それがひどく大きいから、私は裳裾を強く引き寄せ、目をつむって小さくなる。

背に当たる閉めきられた窓枠の硬さ。板戸越しの冷気が、私の首筋を撫でてゆく。

冬色の空気。首を縮める。

堅い木窓の向こう、外は雪催なのだろうか。しばらく、ここを出ていないから判らない。

背高さんはふくよかな袷の厚着だけど、私や、この施設にいる他の子達は、まともな単衣さえ持っていない。

今日、外から来たこの人とは違う。

「やっぱ、顔が派手なガキにするかな。あとあと楽しめるし」

背高さんの声が恐くて、私がさらに身体を小さくしようとする。

両脇を強く身体に寄せた時
「その子は賢明だよ。君に近づくような女は信用できない」

そう、新しい声がした。

背高さんの向こうから。

「トエ、モテねえからって僻むなよ。俺がいい女紹介してやっからさぁ」

　背高さんが背後に向かって、ひどく気安い声を上げる。

　背高さんの隣に、誰かが、トエと呼ばれた人がやって来る足音。板の間に響く革靴。

　私は目を閉じているから、どんな人だか判らないけれど、その新しい声が、何だか優しく聞こえて、両肩の力が抜ける。

「結構だよ。それより、君は女か博打で死ぬと保証するよ」

「ありゃ、刃に死すとかさ、策謀の果てに死ぬとかじゃないの？」

「それは僕が押さえる。が、君の不摂生までは面倒みきれない」

　背高さんとトエさんという人の会話がしばらく続いたけれど、何だか騒がしくて、私にはよく判らない会話だった。

　ちょっとずつ、目を開いて足下を見る。

　素足の自分。大人達の冬作りの革靴。踏まれたら、私が痛そうだった。

　しばらくして
「来るかい？」

　トエさんの声を耳にした。

　やけにはっきり聞こえて、そっと、私は裾間から顔を出した。

　顔を上げてみる。

普通の、ごく普通の人が、私の前に立っていた。

同じ年頃の背高さんを背後にして、短い黒髪と穏やかな表情をした男の人。

「一人だけの女の子が僕らには必要なんだ。ただ必要な時に立っていてくれればいい」

その人は少し身を屈めて、目線を私に合わせてくる。

元々、大人の人にしては小さめな人だと気がつく。

「ここにいるより、少し幸せかも知れないし不幸かも知れない。面白い世界を見られるかも知れないし、結局、ここに戻ってくることになるかも知れない。変わった道を、一つ選んでみないかい？　君に損はさせないよう、努力はするよ」

私は怯(おび)えたまま、その人の目を見た。

一重の柔らかい目元。だけど、どこか意地悪な年上の男の子に似た目。

それが、真面目そうに私の目を見ていた。

少しすると、その人が目を伏せた。

「悪いが、僕は善人ではないんでね。見つめ合うのは苦手だ」

そう言って、ちょっと大げさに息を吐く。

「テン、やはり君に任す。他の子供を当たってくれ」

向けられた言葉に、背高さんがけらけら笑う。

「けっ、ガキ手なずけて嫁作ろうなんざ、十年早いんだよ」

「丈夫そうなのにしよう。あまり将来の保証はしてやれないからね」

もう二人とも私を見ていない。

隠れている私を置いて、二人の男の人達はどこかへ行こうとした。

多分、ここにいる他の子供を、私以外の誰かを連れに行くのだ。

ここには、たくさんの子供が居る。

似たような、私と似たような子がたくさん。

「脅かしてすまない。元気でね」

私に向けられた言葉だが、視線はもう他の子を捜している。

膝を曲げていたトエさんが立ち上がり、それから、ゆっくりと私に背を向けた。

その先では、背高さんの方が、もう足早に去ろうとしている。

不意に恐くなった。

真っ暗な部屋の中に残されたように。知らない内に、自分の玩具を落としたと気がついた時みたいに。

「……あっ……」

目の前で小柄な背中が揺れた時、私は小さく声を上げた。

ゆっくりと、去り掛けた背が振り返った。

ほっとする。なぜだか。

「何だい？」
柔らかい声が訊いてくる。
「……あ……」
また恐くなる。
何か、何かを言おうとした。言えなくて、俯く。
言葉が恐くて、胸が重くて深い感覚。
「恐かったかい？　悪いね」
ちょっとだけ、振り返った顔が笑った。
声が出せなくて、泣きたくなった。
初めてだった。多分、初めて男の人の困った笑顔を見た。
泣き方も判らなくて、私は立ちつくした。
ただ、ずっと立っていた。
そのはずだった。
気がついたら、背後から風に乗った生地が頬と背中を撫でていた。
すきま風が冷気を呼び込む。
多分、外はもう雪景色。
手の中にざらついた感触。

気がついたら、目の前にいた人の袖を摑んでいた。

厚着の外套。目立たない色の広袖。

袖口を握る自分の指先だけを見る。

振り返って、私を見下ろしている顔は見られない目が合うのがとても恐い。

「……名前は？」

答えられなかった。

「僕はトエル・タウ。あいつはテン・フオウ」

私は、ただ、その服の端を強く摑んだだけ。

「じゃあ、君に名前を一つあげよう。どうせ、これから君には新しい名が必要だから」

私は頷いたかも知れない。

「空澄。僕らと来るならそう名乗りなさい」

聞いたことのある言葉。

「そう、七月の東和詠み名。空澄だよ」

「おっ、拾ったのかよ、それ」

頭の上から大きな声。テンという人の声。

ゆったりとだけれど、長い足なので素早い背高さん。

去るのも早ければ、戻るのも早い人。

怯える間もなく、やたらと長い手が私の肩に伸び、ぽんと置かれた。

堅くて大きくて暖かい手のひら。

「よっし、お前、お姫様やれ」

何だか楽しそうな声。

何のことか、考える間もなかった。

背高さんが構わず続ける。

「いいか、俺が将軍、こいつが軍師。お前がお姫様な。三人で天下を取りに行くぞ」

仲良さそうな相方を傍らにして、どこか高い所に顔を向けて笑い出す背高さん。

私は口を開いて立ちつくしたのだと思う。

天下という言葉が、何なのかも知らない。

目の前の人達が何なのか、聞かされたことが何なのか、頭がいっぱいになる。

ただ、やたら楽しそうな背高さんの高笑いだけが、はっきりと鮮やかな光景。

私の中で、知らないことと、知りたいことが溢(あふ)れそうになる。

何か知っていそうな、どこかいつも考え事をしているような、もう一人へ視線を向ける。

困ったような顔。だけど、何だか、楽しそうな顔。

色々なことが、頭と胸をいっぱいにする。

私はその年、九つだったと思う。

歳初(としはじ)めの一の月、命月。


それが、空澄と呼ばれるようになる私が、嘘(うそ)つきのトエ様と出会った日のこと。

それから、あの背高のテン様と出会った日のこと。

あの時のことで、私が覚えているのは、これだけ。

全てが始まった日のこと。

私達が三人になった日のこと。

三年前のあの日のこと。

三人で見た夢の始まり。

始まりは、ここから。

一節　空澄　七月

耳を澄まさなくても、いつもの朝が始まる。

ほら。

「テン！　テン・フォウはどこだ！」

また始まった。

トエ様がいつものように喚いていて、私は可笑しくなってしまう。

どうして、この人達は、いつも同じようにケンカするのだろう。三年間も。

向き合っている大鏡の中、未完成の私が笑いを堪えられないでいる。

「姫様」

「あっ、はい」

背中からの実直な声に、私は背筋を伸ばす。

銅台座の錫張り鏡面。映り込む私の影が居ずまいを正す。

朱の丸椅子に座す私。背後から伸びるしなやかな二本の腕が、私の髪を捉え直す。

声と腕の主は、鏡越しに私が瞳を向けても、視線を返すことはなく、仕事に専念している。

私付きの女性で、衣装役という一番身近な役目を担ってくれる人だ。

鏡に浮かぶ無表情な衣装役さんは、髪を梳(す)く手を休めない。その様子もいつも通り。

鏡の中では、十二歳の私が澄まし顔をして、いつものように手際よくお姫様にされて行く。

毎朝寝ぼけ眼の私は、半時近くの時間を掛けて、鏡の中で変容して行く。

東和(とうわ)七宮(ななみや)という称号を持つ姫殿下に。

「朝風もさまぬ内から、左大臣は何をしているのでしょうか。将軍もまた懲りずに軽忽(けいこつ)なことです」

鏡に向けて、澄まし顔でお姫様の顔をする私。毎朝、着付けが終わる頃、こうした言葉で私は七宮の姫になり変わる。

「お諌(いさ)めしましょうか？」

誰か近くに控える侍女さんを呼ぼうかと訊かれるが、形式的な問いだ。

「いえ、やらせておきましょう」

あのお二人は懲りないから面白い人達だ。

「懲りない諍(いさか)いが楽しいのでしょう。あの方々は」

そう続けると

「姫殿下もそのようで」

衣装役さんに返される。

見抜かれている。だから肩の力を抜くと、私の耳元に長い鬢(びん)が付けられ始める。

さらさらとした素直な付け髪。

胸元まで流れる代物。銀の細工(さいく)紐(ひも)で毛先が結ばれる古式の髪型を継承した鬘(かずら)。色は私の地毛の、明るい色合いの黒に合わせてある。

支え留めを含めた髪飾りが組まれる。

本当は肩までしかない私の後ろ髪も、髱(かもじ)が添え加えられることで、背の中程まで届く。

それから、櫛(くし)を通して全体を揃(そろ)えると、衣装役さんが化粧道具を手箱台に置く。その音が、いつも、気持ちを切り替える合図になる。

「終わりました」

澄まし顔が目を閉じ、一歩下がる。

「よいお手並みです」

鏡の中の衣装役さんにお礼を言うと、彼女が私の背に深々と畏(かしこ)まる様子が映し出される。

それから、あらためて自分の正面を見据えてみる。

鏡の中にいる私は、本当の私とまるで違う。

艶(あで)やかな裾長の姫装束(ひめしょうぞく)に身を包む、風雅で豊かなお姫様。

刺繍細工(ししゅうざいく)細やかな羽衣が肩と胸元に広がり、薄青(うすあお)に染めた絹地に涼しげな雪山を思わせている単衣(ひとえ)。

夏帯は新緑。季節色に染められた綾絹(あやぎぬ)。

耳元と背中で組まれる古式結いの髪も、淡い白粉(おしろい)の肌も、衣に焚(た)き込んだ香に包まれ、精緻な清楚(せいそ)さを演じてくれる。

涼やかで軽やかな姫君。

小さく小首を傾(かし)げてみる。

からりと、後ろ髪に付けられた色硝子(いろがらす)の短冊が揺れる。

どうして、こうも衣装役さんの手並みは鮮やかなのだろう。

根が田舎娘なので、高貴さだけは手が届いていない気はするけれど、誰も疑わない東和のお姫様像。

今日も、その役が始まる。

静かに息をつく。

耳を澄ますと、まだ室外からトエ様の声が聞こえた。

まだ喚いてる。あの人。

「ご苦労でした」

そっと、朱椅子（しゅいす）から身を立たせる。せっかくのお姫様姿が崩れしないよう慎重に。

「左府殿（さふどの）の元に参ります。取り次ぎは無用です」

左大臣の略称を告げながら、衣装役さんと、その背後に控える侍女さん二人に振り返る。

慣れた様子で控える人々に横顔を見せ、私は衣装部屋を出た。

左右に広がる回廊で一人になり、声のする方向を探れば、小柄な背中が板廊下の先に見えた。

肩を震わせて進む背後に、早足で駆け寄ってみる。

私の背で、短冊飾りが硝子音揺らめかす。細い音は鈴の音に少し似ている。

文官服と呼ばれる、緩やかで動きやすい束帯に包まれた背中へと近づく。肌をほとんど見せない全身を包む物で、礼服の廉価版だとトエ様自身は言う。

それに姫装束の私が追いつくには、少しだけ手間取った。裾が長すぎるから。

私も姫殿下仕様の、実務的な単衣（ひとえ）を作ってもらおうと、いつも思う。多分、ひらひらとか装飾とかが大分付くのだろうけど。毎度、これでは大変だ。

「朝から楽しそうに出かけましたよ」

トエ様の背後に取り付く私。

見たところ、ここにいるのは二人だけだから、言葉づかいに地の私が顔を見せる。

「今日は戻らないみたいです。新しい女性と親しくなったそうです」

私が早足のまま告げると
「昨日、不倫騒ぎで、名家のご婦人と別れたばかりだろうが」

振り返らないまま、トエ様の足が速くなる。足は長くないけれど、トエ様は短い距離ではひどく早い。

「はい、中原風（ちゅうげんふう）に云（い）うと、連日相手が変わる舞踊なのだそうです」

私の声も、その足と一緒に速くなる。

見上げる背中はあまり大きくない。この人は、今年、十二歳になる私に比べて、頭二つほどしか上背がない。その代わり、小回りが利くらしく、こんな時は見事な足早になる。

小柄な身体は素早く廊下を歩む。

「くっ、あの根無し草め」

また新しい言葉をトエ様は使った。

昨日は確か歩く不渡り手形とか、季節草とか、テン様のことを形容していた。

季節草というのは、季節が変わると幾ら探しても見つからないという意味らしい。テン様が居ようと居まいと、ほとんど言いたい放題な人だったりする。

回廊内に、トエ様の早い足音が響きわたる。

床材が木材なので、音も高い。

ここは平城(ひらじろ)の二階層だから、廊下はそれなりに長かったものの、私達は城内の端から端まで、すぐに行き着いてしまった。

「ちぃっ、外か」

トエ様は舌打ちして立ち止まり、傍らに開けた窓から外を眺めた。

私もそれにならう。

場外の陽(ひ)ざしには、夏の明るさ。

もう七月の末、季節詠み名で言えば空澄。

私の名になる外の景色。四角い窓枠から、背が高くなり始めた夏草の群生が望める。

二階層とはいえ、堅固な石造りの土台上にある城は、高い視野を私達に与えている。

見渡す大地は緩やかな丘陵が続く荒れた草原。西の果てに霞(かす)む山々は西方(せいほう)山脈。

大陸の東に位置する、東和と呼称される土地は、今日も豊かな陽の光に満ちていた。

ここは西北都市部の守護城。世間には七宮城(ななみやじょう)と呼ばれている。

石造りの城壁の上、火矢を通さないという触れ込みの厚い土壁を表に張り巡らせた木造城。築城から五十年は経(た)っているから、古い部分と新しい部分が入り混じっているのを隠せない小さな城。

私達は、その二階の外周廊下を歩んでいた。

ほぼ円陣形の、簡素なお城だ。

城と言うより、本当は中継補給基地と言った方が正しいとトエ様は言う。

群雄並ぶ乱世。ここ東和が位置する東部平野は、中央の勢力争いから零れた地方だ。

西から北へ延びる西方山脈に囲まれているため、中原と呼ばれる都の方と隔絶され、大陸の中央政権からほぼ独立した地方。

人口だけが多く、どちらかと言えば戦国の世の避難所として、中央から逃れる人々の溢れる都市群国家【東和】。

その一つ【歌仙】。

東和で七つ目に数えられる宮都市。

その辺境警備の出城として、広野の一角に造られたのが、この城なのだそうだ。

元々は石材で一階層だった物を、トエ様とテン様が木材で二階層や楼閣を増築したお城。

戦禍がこちらまで無いのをいいことに、城主のテン様が好き勝手やったらそうなったらしいが、他のお城を見たことが無いので、それが良いことか悪いことか私には判らない。

内側に広く、外側には狭い角度で組まれた硬質木材の窓枠に、二人で手を添える。

攻められた時、城中から外を窺(うかが)いやすく、囲み手からは攻めにくい工夫。それは私達の視野を、並んだ位置からの角度で手狭に選ばせる。

「居るか？」

左に立つトエ様には、右手側が奥深くまで見え
「居ませんね」

右に立つ私の角度では、左手側が奥深くまで見える。

見える光景は、お互い背丈の高い草原だ。

初夏を思わせる朝の光に、長閑(のどか)な景色。

途中、草の群生が切れるのは小道と塹壕(ざんごう)。

随分先に林や丘が見える。おそらく、そうした光景の向こうにテン様の出払い先がある。

どこかの、豪族の奥様か令嬢のところ。

ここからは、長閑な広野しか見えない。

小さな牧場ほどの敷地(しきち)を、簡素な城壁と塹壕で囲んだこの城は、私が居着いてから二年半、一度も争いの中に入ったことがない。

何度かテン様が中心で軍事行動や野党狩りを行ったことこそあるが、兵は常時は百人足らずで、多い時でも三百程度だから、ちょっとした都市自衛団程度でしかないと、大

方の人には思われている。

歌仙全域から召集すれば、兵力五千は何とかなると、二人が話しているのを聞いたことがあるけれど、実際には見たことがない。

「まったく、僕に全権を任せればいいんだ。あいつは僕の指揮下にあるべきだ」

トエ様がまだ喚いているから

「でも、トエ様はテン様の軍師ですし」

私は落ち着いて宥めた。

「策を授けるにも、本人がいないじゃないか。今日は軍議だと言い含めてあるのに」

いつものように、私達はテン様を捜しつつ、不穏な会話をする。

それから、私は傍らの横顔を見上げた。

まだ若く見えるけれど、大人しい顔立ちは、表情次第で何歳にも見える。

黙ってれば穏やかなのに、喚いていると、ひどく子供っぽい顔をする。人の良さそうな顔立ちなのに、妙に皮肉な顔もする。

その見上げる横顔は初めて会った頃から、ほとんど変わらないように見える。ただ、私の背が少し高くなったから、近くに見えるようになったけれど。

大人なのに、どこか子供っぽい雰囲気もある人。

年齢もよく判らない。もうすぐ、二十代の終わりだと、何年も前から私には言っているけれど、対外的には三十代だと語っているらしい。

　本当は幾つなのか、多分、ほとんど誰も知らない人。知っているとしたら、あの相方の背高さんぐらいだと思う。

　そんなトエ様と私の側へ、侍従の一団が回廊を歩み寄ってきた。

　ご高齢の侍従長さんが前に立っている。

　従えているのは私の侍従団。そうは言っても、数えて三人。きちんとしたお姫様なら、きっと、この何倍も多くの侍従がいらっしゃるのだろうと思う。

「朝のご挨拶に探しておりました。姫殿下。それに、タウ左大臣殿」

　侍従長さんが恭しく黙礼した。従えている方々も続く。

「これは侍従長殿、今朝もお早く」

　トエ様の声が執務用に変わる。

　居ずまいを正しながら、トエ様は廊下の端に身を寄せた。

　素直な直立。

　私に道を空けたのだ。

「朝から声を荒らげてしまい、姫殿下に、自重せよとたしなめられました。至らない身を引き締めなければなりません」

　白々しいことを、もっともらしく言う。

相変わらずトエ様は変わり身が早い。

私も馴れた。

きっと、他の人達もある程度そうなのだろう。

先程のようなぞんざいな口の聞き方こそ、人前では、まず見せないけれど、この人の二面性自体は誰もが知っている。

「姫殿下、本日もご機嫌麗しゅうございます」

深々と、あらためて朝の挨拶を私にする侍従長さん。

「変わりなく」

私も略礼をする。

礼式で再度、深々と挨拶する侍従長さん。背後の侍臣さん方もあらためて続く。

そして、侍従長さんは顔を上げると
「それでは、本日のご予定はいかがなさりますか？」

予定の確認をしてきた。

職務に忠実な人。ここ一年くらいは、まったく変わらぬ日々が続いているのに。

「いつもどおりに。定例会を、その後……」

トエ様の方を見る。

顔を伏せたトエ様は何も言わない。好きにしろという意味だと感じる。

「昼までは、ここにいるトエル・タウと、今後の協議を散策がてら行いましょうか。午後は未定ですか、いつも通り、修学時間となるでしょう」

「はっ、恙なくお過ごしを」

侍従長さんが頭を下げる。

ふと、その頭髪が以前に増して白くなったと感じる。

そう言えば、流行の感冒を患っていたらしいと思い当たった。

「御老、お風邪の具合はよろしいのですか？　忠臣の健在ありてこその仮の宮です。お身体をご自愛なさってください」

そう言うと、トエ様の口元が少し引かれるのが目の端に入った。お姫様らしく言えたから、ちょっと、喜んでもらえたらしい。

「勿体ないお言葉。姫殿下のお心遣いに老臣が身も引き締まります」

本当に感動したのだろうか。皆さんと揃って平伏するご老人。

しばらく、そうした儀礼が続くと
「僭越ながら、先程より、フオウ将軍のお姿を捜しているとお訊きしました」

侍従長さんの言葉に、私達は顔を合わせる。

「所在をご存じでありますか？」

「はっ」

トエ様が尋ねると、侍従長さんの部下が外窓を手で指し
「あちらに先刻より」

侍従長さんの言葉が続く。

私とトエ様で、二人して窓枠に顔を寄せ外を眺める。

先程と変わらない。

石造りの城壁の向こうに、ただ広い広野が目に映るだけ。

風に靡く夏草の豊かな光景に、ふと、妙な動きが見えた。変な揺れ。

動物、狸か、山犬か。狼は城のずっと背後、山脈周辺にしか出現しないはず。先日、獣を遠くへ追い払う山狩りをテン様達がやったばかりだから、大きな獣はいないはず。

「あのバカ」

「え？」

トエ様が舌打ちすると、その途端、赤い輝きが視界に映った。

ぽっと、動きのあった一角に伸び上がる揺らぎ。

炎だ。

すごい勢いで左右に広がる。

火の道がある動きだ。油がしみこませてあるのだろう。

急速に広がる火の手。水分の多い夏草がじわじわと焼き上がる。

あっという間に城周辺の一角が燃え上がる。

「ひゃっほうっ」

妙な声がした。

広がる草原の中から飛び出してきたのは、着崩した羽織(はおり)の軍服姿。

陽光と炎を照り返す長身の男性。

ここからでは小さいけれど、やけに明るい笑顔がはっきり見えた。

細身の背高に、目鼻のはっきりした、鋭い顔つきの人。

彫りの深い顔立ちは整った男らしい物だけど、大きく崩れやすい。逆に、その崩れた笑顔がひどく人懐っこい。

何だか、やたら、楽しそうな横顔。

はしゃいで上下する肩には、穂先が筒に入ったままの豪快な槍(やり)が一槍担がれていた。

背高さんに続いて、あちらこちらから、その配下の人達が数十人、出現してくる。

「将軍！　火付け早すぎますよ！」

「油使い過ぎじゃあないですか！」

後から来た人達が、口々に背高さんに詰め寄る。皆、軽装だが軍服や武装をしている兵隊さん達だ。見覚えがある。うちの人達。

間違いなく、あの人の指示だ。この火事。

「ハハハっ、悪い、悪い！」

背高さんの高らかな笑い声が、ここまでもよく聞こえる。

何せ、何もない草地に孤立する城。城壁の向こうからでも、声はひたすら通る。

全然、変わらないな。この人も初めて会った頃と。

「こ、これは、また派手に」

侍従長さんが驚きの声を上げる。

この人も詳細は知らなかったのだろう。

誰も、背高さんのすることは判らない。

「将軍は、草原での訓練をすると言っていらしたのですが……」

侍従長さんの声が呆れる。

「で、ありましょうな。火攻めの実地訓練でしょうが……」

応じたトエ様の言葉は丁寧だが、その声は震えていた。

お怒りだ。

そっと、距離を取る私。侍従長さん達も悟ったのだろう。無言で続く。

何だ何だと、城のあちこちで声が上がり始める。

風は少ないから煙はそれほど来ないが、異常な匂いがやがて届き始めた。

燃えにくい夏草を無理に燃やした時の、不完全な燃え具合の匂い。

いや、風向きが急にこちらへ変わり始めて、そのうち、私達の視界が白くなり始めたりする。

とてもまずい。

私達が咳(せ)き込(こ)み始める。肩を震わすトエ様を除いて。

やがて、煙が辺り一面蔓延(まんえん)し始めた時、何が可笑しいのか、まだ続いてるけらけらとした背高さんの爆笑が引き金となる。

「テン・フオウっ!!　何をしてる!!」

いつものように、トエ様の怒声が城下に響きわたった。

そうして、

「いやさ、火攻めの修練を……」

「もっと、遠くでやれ！」

「だって、うちの領地、小さくて手頃な場所がなかったから」

「ああゆうのは枯れ草でやる物だろう！」

「いや、そう都合のいい枯れ草なんて見つからないし、備えあれば憂い無しとかさ」

だんだん小さくなるテン様の声。

「いいか！　だいたい、君はなぁ！」

ほとんど、城の中にいれば、誰でも聞こえるようなトエ様怒りの追及が、その日一日続いた。


その夜も更け始めた頃。

中原語。私達の使う東和言葉より洗練された都言葉の修学を終え、私は七宮城の天守閣へ上った。

「姫殿下、このような所へ参られては」

長弓と長槍を抱えた若い衛兵さんが、篝火の下から、慌てた声を上げてきた。

「東征将軍は上でしょう。今日のことは責めねばなりません。公式以外にもです」

止める衛兵さんを制して、私は天守内部に入り、樫材の梯子に手を掛けた。筒状の外壁に護られた、天守上層への唯一の経路。

東征将軍はテン様の役職だ。私が与えたことになっているが、東征という呼称には別に何の後ろ盾も根拠もない。

本当は右将軍、右府という地位なのだけれど、単にただの将軍では、他と区別が付きにくいので、それなりの武人は、立派な名前を付けたがるらしいのだ。

どこの地方もそうだという。政権の所在がはっきりしていないから、地方ごとに勝手な命名や任命がまかり通っているらしい。

この時間、テン様は良く天守閣に登る。特に、トエ様に怒られた夜はそうらしいと、侍女さん達の話しだった。

でも、きっと嘘だ。

薄暗がりで、梯子に取りつく。

慣れない木梯子に少し手間取りつつ、テン様一人の場所を目指す。

そのために、昼間の裾長や装身具をやめ、粗野な格好をしている。

散策用の軽い衣装だ。両足をそれぞれ包んだ広がりのある生地を足首の銀糸で止めてある細袴だから、比較的、脚絆の男の子のように動ける。

早く、実務服か何か作ってもらおう。

見上げた頭上に小さな灯りの漏れ。

「よいしょよいしょ」

天守閣とは名ばかりの展望台は、城の中央付近にある物見櫓に、それなりの外層をしただけの物だ。巫女姫たる七宮の居城に、あからさまに軍事施設は似合わないので、梯子と骨組みを漆喰と石材で簡潔に囲っただけだったりする。

それでも、かなりの周囲が見えるので、実際、警戒には役に立つし、建物としての見栄えもそれなりにいいのだそうだ。

テン様は天守閣、トエ様は単に楼閣と呼び、付近の人達は七宮塔と呼んでいるらしい。

七宮は私だから、私の塔なのか。

そう思っても、ここ二年ほどで五回くらいしか上がったことがない。

実際、大方がこんな物だった。よく判っていることはとても少ない。

絹の衣類を与えられ、宝玉を幾つも持とうと、多少の修学を積もうと、ここにいる自分は十二歳の子供でしかなかった。ほとんどが知らないこと、やったことのないことばかり。

七宮の空澄姫か。

複雑な思いを胸に梯子を上る。

ぎしぎしと微細な音を立てるが、子供の体重だから揺らぎは少ない。一階層分くらいの高さで楼内に及ぶ。

篝火に灯影が僅かに浮かぶ空間へ、頭を出そうとして
「やってくれたね」

トエ様の声だ。

私ではなく、楼内の相手に向けられた声の響き。

ほら、やっぱり。

多分、下の衛兵さんもここでの密会を知らなかったのだろう。ここの警備はそれほど厳重ではない。

「あの夏草、燃やしてくれて助かった」

続いた、トエ様の声。

穏やかな語り口は昼間とは全く違う。

「そろそろ、密偵なり何なり来そうだったからな。手近な群生は減らした方がいい」

応じるテン様の声も、悪びれず堂々としている。

「三宮(さんみや)と四宮(しのみや)、どちらかが動きそうだ。君が上手(うま)く調練の失火と偽ってくれたから、こちらが迂闊(うかつ)にも見せられるし、敵の攻め手も減らせたよ」

どうせ、そんなことだと思った。

この人達はいつもそうだ。

十回に九回は、平気で嘘を並べる。

判ってるんだから。私。

音を立てぬよう、そのままで聞き耳を立てる。

「なあに、ちょうど御婦人に逃げられて腹が立ったからな。上手く自棄(やけ)になる理由が出来た」

そう言い終わると、けらけらとしたテン様の笑い声が続く。

「見る目ある御婦人に感謝だ」

楽しそうなトエ様の声。

「ぬかせ！　が、どうやら、実家が志乃其調和党についたらしい」

志乃其は四宮姫の後衛だ。運河の輸送力と技術工業で財をなした四宮鼓都市。その都市運営の代表者達。政にも多大な影響力を持つという。

「何せ、歌仙は豊かなのは農地と山間部での林業ぐらいか。この城も町中にはないから、余計、田舎者になる」

「他は大都市か城下町だからな。うちは後発。ここしか、まともに城らしい城は残ってなかったからな」

二人の談笑が続いている。

七姫最後の私は、やっぱり、他の姫より小物なのだろうか。

どうも、話しに聞くところによると、他のお姫様は立派な宮殿に住み、豪奢きわまりない生活をしているらしい。お国自体の規模が大きいらしい。

今よりいい暮らしをしたいとは思わないけれど、弱小すぎると言うのなら不安になる。

心配して耳をそばだてると、テン様が少し声の色を変え始める。

「他の動きは読めたか？」

あまり笑っていない色。

「四宮鼓都市の戦力は四千の兵。金があるから諸群と傭兵併せて最大八千だ。三宮の夏目都市が平時八千に傭兵で一万を超える。連携されれば兵力一万八千、僕らは辛い」

二つの都市は隣国ともいえる距離に位置し、私達の歌仙都市とは微妙な力関係で向き合っている。修学に付き合ってくれるトエ様と侍従長さんからは、そう教わっている。

「盗賊の類は追い出した。総力を向けて、うちは五千。護りきるにはぎりぎりだな」

「そう、ここは西から北に延びる西方山脈越えを警戒した城だ。歌仙の後方を中原からの遠征軍から護ると言えば聞こえはいいが、東和都市群からは辺境。僕らの地盤都市歌仙までも行軍は半日近い。奴らに都市部を狙われる可能性がある」

「攻城戦の火攻めは、これで牽制した。三宮と四宮は歌仙都市制圧を優先するか、ここを先に潰しに来るか」

難しい話で、私にはよく判らないが戦争の動きがある。それは理解できたし、不利そうなのも判った。

「一宮と潰しあわせたかったんだが、あそこの姫は違うな」

「ああ、だから、後方を窺う僕らが先に狙われるか」

一宮姫はもっとも有力な姫だ。七人の宮姫の中でも私などとは違う。おそらく、本物の東和姫だと言われている人。

他勢力のことを色々考えていると

「空澄姫、いかがなされた？」

不意に声を掛けられる。

「は、はい、将軍……」

慌てて、顔を上げると、楽しそうなテン様の顔があった。

すぐ、登り切った先。

「わぁっ」

慌てて退こうとして、梯子から落ちそうになる。

長い両腕が私の脇の下に伸びた。

ひょいと、何事もないように受け止める。

大きな手。見た目以上に堅い。

「捕まえた。カラ」

そのまま子供みたいに、小さな子供みたいに抱え上げられる。

私には考えもつかない、大きな腕力。どこまでも伸びるような長い腕。

「おっ、大きくなったな」

「テ、テン様！」

抱えられた楼内は大人なら五、六人連座できる場所で、四方に私の背丈ほどの壁が張り巡らせられていた。

その上の開けた部分から、遠くの土地までが見渡せる。

テン様に抱えられたそのままの位置。その肩越しに、遠く歌仙のほのかな街灯りが稜線(りょうせん)で滲(にじ)んでいる。壁際には稜線を背にしたトエ様の立ち姿。

「重要会議だ。判るね、空澄」

諭すトエ様の声。

「ご、ご免なさい。わ、私、立ち聞きするつもりは……」

「さて、どんなお仕置きをしようかな」

抱えた私を見上げるテン様の言葉に、顔が崩れそうになる。

不動の両腕に抱えられ、私には抗(あらが)うすべもない。

その上、テン様の腰には小刀が差し込まれており、傍らには弓具やらも転がっているのが見受けられる。

何か、恐いことになってしまった。

私が何だか泣きそうになった途端、テン様が破顔した。

「かあいいな、カラは」

わっ。

突然、抱き寄せられ、お人形のように振り回される。

な、何？　く、苦しい。

「俺達が俺達のお姫様を怒るわけないだろう？　お前が怒っていいんだよ」

耳元で聞くテン様の楽しそうな声。

「おいで、姫殿下」

トエ様も穏やかな声で告げると、その場に座した。

「三人で作戦会議だよ。昔みたいにね」

三人で、昔みたいに。

泣きたくなるぐらい、優しい言葉。

「付き合うか？　夜は長いぞ」

ようやく胸元から放してくれたテン様が、それでも私を抱え上げたまま聞いた。

子供を可愛（かわい）がるような、屈託のない表情は、まるでいい人みたいだった。

本当は悪い人だということを、不意に忘れてしまいそうになる顔。

初めて会った時と同じように。

懐かしい、あの頃みたいに。

三人の関係が始まった頃みたいに。

だから、私は躊躇（ためら）わず
「はい」

はっきりと返事した。

二節　雪終（ゆきおわり）　二月　息吹月（いぶきづき）　三月

「絹だからね。昨日までの麻布とは違うからね。高いから、破いたり汚しちゃ駄目だからね」

「ほら、一人で服着られるか？」

「やっぱ、どこかから女連れてこようか、世話役をさ。俺、引っかけてくるよ」

「いや、もう少し二人だけで何とかしないと、素性がばれやすい」

「おめえ、歳は九つだっけ？」

「さて、中央よりの標準語から教えて、礼節を仕込まないとね。王子よりは楽だよ。女の子だから暴れても程々だ」

「まあ、雪終から息吹月のお披露目まで時間があるし、とりあえず、旨（うま）いもん喰（く）わせて太らせようか、がりがりだし」

「君、取って喰うような言い方するなよ」

「いいか、嬢ちゃん。よく聞けよ。食って食って食いまくれ。世の中食ったもん勝ちだからな。食い続けな。俺についてこい」

「やめろ。君の食費は莫迦にならない」

「しっかしよ、先月、五姫が出てきたからな。早くしないと、この子が十姫とかにならなければいいがな」

「空澄。被衣の着方判るかい？　内着の胸紐の結び方はこうだよ。古式振り袖は初めてかい？　下帯は判るよね」

「ん、カラ？　どうかしたか？」

「もしかして、空澄という名前、嫌いかい？　カラは空を表し、スミは澄んだ穏やかさを意味する。夏空のように曇り無く豊かという意味なんだよ」

「そうそう、何せ、東和の姫の名前だからな。象形文字が与えられる貴族名だぞ」

「黒曜姫殿下や琥珀姫に、名前負けしないようにしないとね」

　確か、確かこんな風だった。

　初めて会った時の後。

　それから、テン様が着替え終わった私を両手で抱え上げたんだった。

「これはこれは姫殿下、君が臣の武官テン・フオウにございます。お見知り置きを」

「並びに、文官のトエル・タウにございます。以後、よろしくお願いします」

　どう答えていいか判らなくて、私が二人の顔色を窺っていると

「ほら、苦しゅうないとか言いな」

テン様に言われて、慌てて声を出そうとすると
「いや、あい判っただよ」

トエ様が口を挟むので、そっちにしようとすると
「いんや、苦しゅうないだ！　王族らしさに庶民はしびれる」

「ご大層だな。日嗣(ひつ)ぎ血筋を誇張しない方がいい。雅(みやび)すぎては武家の支持が弱くなる」

そのまま、口論になる二人。

それから、私を散々放っておきながら、二人で私に詰め寄って来たんだった。

「どっちがいい？」

私が困って愛想笑いしたら、二人も笑い出したんだ。

あの頃は、何もかも手探りで、結局、大騒ぎしたあげく、三人で笑い続けた。


「ほら、姫御前(ひめごぜ)はまっすぐ歩く。頭の本落とさない」

「見ろ。俺がお手本を……あれ？」

「いいか？　先代王の玉英がお前の父だ。なに、本当かって？　さあ。何せ、女好きの子沢山だから隠し子いっぱいいて当たり前だからな」

「歳と性別があえば、テンか僕が自分で王子をやるんだけどね」

「この世界の中心。中原での大戦争が拡大してる。十年以内に、この東和の地も狙われるだろう。それ故、乱雑な都市群をまとめなおし、国家社会として機能させる必要がある。名ばかりだった王室こそ、その主軸にふさわしい。僕らで、この地方をまとめるんだ」

「おーい、蒔瀬都市に六姫出てきたぞ」

「よし、馬にも乗れるようになったか。いざとなったら、さっさと逃げないとな」

「ぼ、僕もやるのか？　こんなでかいの暴れないか？」

「利害関係だ。歌仙の街はこのまま辺境で終わりたくない。それなりに独立心があるが、このままでは都市として人気を失う。周辺都市に人口が流出するのを恐れている」

「姫のいる都市は格式高く宮都市と呼ばれる。末席に入りたいのさ」

「いいんですか？　私で？　何もできない私で？」

夕焼けの高地で、私は歌仙の街が赤く染まるのを見下ろしていた。

林業が盛んな街だったから、古い街並みには木造が多く、林業が底をつき始めてからは、漆喰と石材の家々が混在することになった街。

人口は二十万近くと言われている。夕方故、炊事の煙が家々から立ち上る景色。

「出来るさ。二ヶ月もしないで、それなりになってくれた。後は部下さえしっかりしていればいい。偉いさんとはそういうものさ」

トエ様がそう言うと、テン様が続く。

「宮姫のほとんどが、同じように担ぎ出されたお飾りさ。みんな知ってる裏話。ただ、それがないと話が始まらなかった」

「どうしてですか？」

「楽をしたかったのさ」

トエ様の言葉。

「露骨な戦争を避けたかった知恵と呼んでやってもいい。が、だから、つけ込まれる」

つけ込まれるとはどう言うことか、聞こうとして、私は少し恐くなって聞きそびれた。

私の傍ら、二人連れ立つ姿を見上げる。

その向こうに群青の空。積み雲が、夕山の向こうへ流れて行くのが見えた。

一日、陽は照っていたけれど、息吹月の始まりは、まだ風が冷たかった。

銀細工のなされた御輿（みこし）は、四人の大人達に抱えられ、しずしずと進んだ。

前と左右、隙間越しに見え隠れする御簾（みす）の向こう。沿道に並ぶ人達の姿が見え、微（かす）かな声が聞こえてくるが、意味までは聞き取れない。

音曲（おんぎょく）が鳴っているからだ。

私の前後に楽隊が並び、穏やかな鈴と笛の音を鳴らしている。

曲調は明るいが、音色は涼しい。

音色師（ねいろし）達は古風な曲目を迂路（うろ）の道すがら繰り返し、繰り返し続ける。

「姫殿下、皆、好意的です」

網簾（あみすだれ）越しに、追従するテン様の畏まった声が聞こえてくる。

周囲を固める一団は警護の兵で、テン様が近衛隊（このえたい）の責任者をしてくれている。

ゆっくりと街を周回し、そののちに、歌仙中央に位置する宮、玉水府に辿り着く。

石造りの精緻な階段の上にある、木造平屋の、清楚だが巨大な建物だ。

祭司場を兼ねた、前の王の仮別所の一つなのだそうだ。規模はそれぞれだけれど、何処の都市にも一つずつはあるという。

「空澄姫殿下、御登城」

案内役目の方が抑揚を抑えた、だけれど、独特の拍子で声を上げる。

御輿が玉水府の正面広間に据えられ、右の御簾が巻き上げられる。

ゆっくりと、白綾の衣装に宝玉と白金の額飾りを身にした私が、精緻な石畳みに降り立つ。朱塗りの高足沓が音を立てた先、石畳みの所々に微細な染みがあった。

雨跡に見えたが、違うとすぐに知れた。

目の前を、白い破片が過ぎたから。

雪。

ゆっくりと、天を仰ぐ。

微細な雪が、ほんの微かに降り始めていた。

見上げる空は暗いが、深くはないから、白い雲のなだらかさが、どこか異世界を演出してくれる。

雪終の月は過ぎたけど、東和の三月は、まだ僅かな息吹を見せるだけだった。

「恙なく御成長されて喜ばしい限りにございます。府内一同、全霊持ちまして、御身御霊の健やかさをお祝い申し上げます」

畏まり、私の前に立つ頭巾姿の神僧達。宮という人によって作られた聖域と、自然が織り成す四季世に仕える、俗世から離れた人達。

藍色の礼服に、白い羽織を着込んでいる。

この日の儀式を司る方々。

「姫殿下、先王であらせられる玉帝の御心霊に御手を触れなされませ」

恭しく頭を下げ、制約された難しい動きで後方への道を空ける神僧方。

広い空間が空いた。

兵や神僧の方々は、広場の端に陣取り、中央にはただ一つの祭壇だけがあった。

複雑な円が、不可思議な意図で絡み合う朱と黒の彩色がなされた円台。

揺らいで曲る螺旋。閉じられた階段模様。

まだ誰もそこにいない。

そこに立てと、言われているのは私だ。

生前、先王が山脈から来る風の命たる祭霊に、そこで挨拶をしたと伝えられている。

契約の儀式だと。

大河の流域等では、川の命たる祭霊と挨拶するという。

特に根拠のない自然への民間信仰だと、トエ様は言うが、強い信仰ではなくても、意識の底に根付いた信仰だとも言っていた。

自分の心と祭霊の命の交わりを交感と呼び、それを私が次代としてやり直すのが、この都市の守護姫としての契約になる。

この場合、私は神事においては仙姫という称号で呼ばれるらしいし、川や泉と契約すれば、水姫という言葉を賜るのだそうだ。

前に進めと教えられ、前に進めと状況が示していた。

だけど、私は、ふと、振り向いてしまう。私の背丈ほどの御輿。その背後、今登ったばかりの石段があった。

精緻な九十九段。

教えられた数も、今し方、御輿が揺れる度に数えた数も同じ。

そこに、大勢の人が詰めかけていた。

階段を、その下の道を埋め尽くす人達が、どこまでも、高台から見下ろせる限りに、歌仙の街路全体に人が溢れている。

声を潜め、私を見守っている。

「あっ」

声が洩れる。

圧倒的な視線の数に、たじろぐ私。

足が竦む。

見渡せば、兵と仕切り縄の向こうに、無言で佇む人々の列。

注目の先に、私一人居るのだと気がついたら、膝が溶けてしまいそうになった。

心の音が熱くなりそうになる。

「大丈夫、俺の真似しろ」

私だけに届く小さな声がした。

気がつけば、傍らに片膝をつき、両手で武人組みをしているテン様。

平伏していて、表情は見えない。

俺の真似？　私の知っているテン様？

目の前に座るテン様ではない。記憶にあるテン様だろうと思う。

そこにいるテン様は嘘つきで、我儘で、大げさで、騒がしくて、人でなしで、大食らいで、大酒飲みで、傲慢で、それから……

思い出したら、頬が笑った。

ああ、そうか。

この人、落ち着いているんだ。

どんな時も、本当は誰よりも冷静なのだ。

私は両目を閉じて息をつき、それから、空を見上げて目を開けた。

雪は微かに降り続けている。

静かに行こう。この雪のように。

どうせ、上手く行かなかったら、別の子が呼ばれるだけ。私が責任を取らなくてもいいはずだから。今日までおいしい物が食べられただけで、運も十分良かったと思えるなら、きっと、損はしていない。

ずるく考えたら、ちょっと落ち着いた。

視線を降ろす。

しばらく人々を静かに眺めて、それから、円台を向いた。

両膝に歩けるだけの血が通い始めたから、高足沓が音を立てた。

てくてくと、出来るだけ、しずしずを目指し、私は前へ進む。

円台は、大樹の輪切りをそのまま漆と彩色で加工した物だった。

おそらく、この都市がまだ開拓されたばかりの頃、切り倒された古木の成れの果てなのだろうと思う。

上がらせてもらう。

立ち上がる。そこへ。

楽隊の音曲が、霊を慕う物悲しい音に変わる。曲の展開は、局を変える合図。

「祭霊よ祖霊よ」

声が上がる。

府の祭司長らしき人の声。

「祭霊よ祖霊よ」

神僧方が続く。呪詛(じゅそ)の響き。

「つづけ、民草よ」

それはトエ様の声だった。

振り向くと、階段の最上段で両手を挙げるトエ様。

重々しい神事の装束に身を包み、いつもと違う顔をしていた。

「祭霊よ祖霊よ」

まばらに応じる声が階下から上がる。

人々のざわめきが僅かに聞こえる。

サクラを混ぜておくと、トエ様が言っていたのを思い出す。

サクラって、お花ですかと訊いたら、手駒だと笑われた。

「我らが御影(みかげ)の心霊よ」

「我らが御影の心霊よ」

「我らが御影の心霊よ」

三つの声は、先程より高かった。

「御脈(みみゃく)の風の祭霊よ」

今度の声はさらに大きい。

揃いの悪さが、人の多さを私に教える。

それでも、私達は一体感を持とうとしていた。

「繋(つな)がりの詞(ことば)を」

「繋がりの詞を」

「繋がりの詞を」

さらに大きく、さらに広く。

だんだん、声が揃い始める。

「宮を紡ぐ姫よ。御詞(おことば)を賜りくだされ」

それは、トエ様の言葉だった。

「賜りくだされ」

「姫殿下」

群衆が声を上げる。

儀式が進み、立ち登り始める興奮。

ざわめきの広がりに危機感を覚えたテン様の配下が、階段で人を押さえに回る気配。

ぼう然としていると、跪(ひざまず)いたまま顔を僅かに上げたテン様と目があった。

急げと言う目。

頷く。

ここで抑えないと、私の方がついていけない。早く終わらせれば、早く帰してもらえるはずだ。

一度右足を地につけたまま前方へ差し出し、ゆっくりと引き戻す。

すり足、爪先を小さく上げ、下ろす。

間を持った、ゆったりとした動作。

右手を下方から前方に差しだし、胸元に一度引き寄せる。

確か、それから両手を開けと。

言われてあるように、ゆっくりと両手を左右に開き、胸を張る。

私の動きに周囲が気づき、楽隊が演奏を止める。

人のざわめきも近くでは収まる。

私の言葉を聞こうと。

「共に」

一言口にした。

小さい。

駄目だ。声が思ったほど出ない。

汗が背中に流れる。

「共に！」

もう一度、大きく言う。

「紡がれる四季世にて、生は死に、死は生に、我らは共に紡ぎ、揺らぎにたゆたいて道行く。霊と理を在す詞で示す」

肩の力を一瞬抜く。

そのまま、身体から力が抜けそうになり、慌てて全身を震え立たせる。

まだ、大事な言葉が残っている。

気力を奮う。

声が出た。私の声で無いかのように。

「生かされる事を、生かして行く事を、ここに契約します。東和空澄の名において、皆様方のご承諾、祭祀滞り無く済みしをもって、ここに預からせて頂きます」

終わった。

教えられた言葉を全て。

不意に、身体から力が抜ける。

「あ」

「姫殿下新生に祝福を！」

神僧の方々が私の周りに殺到した。

そのまま、倒れ掛けた身が仰向けに空に掲げられた。

多くの人の手で。

「あっ、何？」

「天土と民よ。今一度、御承認あれ」

神僧達の声に、私の声は掻（か）き消（け）される。

力の入らない身体が、白い空へ捧（ささ）げられていた。

見上げる白い空から、白い破片が零れてくる。

ああ、そうか。

ぼんやりと思う。

私はこの空に捧げられた飾りなのだ。

きっと、そういうことだと、私はぼんやりと思った。

ただ、捧げられるということが何なのかは、よく判らなかった。

ただ、今は、人々の歓声が木霊し、この興奮は、やがて夜を徹した祭りへと移りゆくと知れた。

ぼんやりと、人々の手に身を任せる。

弛緩(しかん)した身体は、なかなか、まともに戻らなかった。

「よくやったぞ。カラ」

交感の儀式が終わると、テン様が私を抱え上げて喜んだ。

本殿の奥、蠟燭(ろうそく)の灯火(ともしび)だけの閉めきられた涼しげな空間。まだ冬なのに、身体は奇妙に熱い。ぼんやりと、人の少なさに安堵(あんど)している。

「大変だったね。食事を済ませたらすぐに寝なさい。民の祭りは他に任せてある」

トエ様も特に喜んでくれ、テン様から奪い取るように私を抱えた。

溶けた雪片の滴が、私の髪から零れる。

「君は七宮姫だ」

「ナナミヤ？」

そうだと、トエ様が頷く。

「他に六人、君と同じような契約をした女の子がいる。皆、本物かどうか疑わしいけれど、他の街でお姫様をやっている。それぞれの思惑の下でね」

不思議に思う。

どうしてそんなことになったのだろう。そんなにいるなら、今更、私なんかいらないような気がした。

「判らないかい？」

トエ様は複雑な笑顔を見せた。

私の表情で、気持ちを察してくれたのだろうと思う。

ゆっくりと私を降ろしてくれる。

自分の足で立つけれど、ふわふわして感覚が何か変だった。

風が吹いたら、そのまま、ここにへたり込みそうだった。髪がちょっと重たい。

「皆、自分のお姫様が欲しかったのさ。前の王様が自分の生まれ育った神撰（シンセン）という都市だけ大事に育てたから、今度は自分達の都市を大事にしてもらいたいのさ」

ああ、そうなのか。

　でも、何か足りない気がする。

「でも、トエ様もテン様も、大事な物なんて無いんでしょう？」

「あるぜ。街じゃないけど欲しい所がな」

予知していたような、テン様の声。

「どうしても、欲しい場所がある。なあ、トエよ」

トエ様も苦笑気味に頷く。

「どこか教えてやろうか？」

いたずらっ子のような、もったいぶったテン様の笑顔。

「いいか、三人だけの秘密だぞ」

トエ様もその言葉に頷く。

「そいつはな……」


「空澄？」

「あ、はい」

「どうした？　酔ったか？」

楼内で、私達はお茶を飲んでいた。

私はぼんやりとしていた現実感を取り戻す。

テン様はお酒を、トエ様は中原茶を、私は東方紅茶を、それぞればらばらに口に運ぶ。

お茶は下の衛兵さんを呼んで用意させ、テン様が楼内まで組紐で吊り上げた。釣瓶井戸のようにして、少しの荷物が引き上げられるようになっているのだ。

「昔のこと、思い出しちゃって」

茣蓙の上で居ずまいを正し、じゃれ合う二人に笑顔を向ける。

「初めて会った時とか、交感の雪とか」

手の中で陶器の中の温(ぬく)もりを揺らしてみる。

「懐かしいねえ、十年くらい前か」

いい加減なテン様がぐい飲みを煽(あお)る。

「三年だ」

応じてトエ様が、湯飲(ゆの)み茶碗(ちゃわん)に中原茶を注ぎ直す。

「あの頃は貧乏だった。好きな中原茶も七日に一度しか飲めなかった」

遠い目をして語る。

「俺だって、酒は……」

「毎日飲んでた」

トエ様と私で突っ込む。

三人で笑い合う。

「でも、おいしい物食べてましたよ。私」

「君はそれ以前が貧しすぎたからな。未来の東和姫ともあろう子がね」

「でも、あの後が大変でしたよね」

言ってから、しまったと思うと、テン様が口惜(くや)しそうに拳を震えさせた。

「府中(ふちゅう)の呆(ぼ)けめっ」

府中とは、この場合は玉水府の運営部のことだ。

その人達は私達に、中原の軍勢が山越えしてくるのを警戒させようとした。

だから、都市中央の玉水府に住めると思っていた私達の思惑は外れ、この僻地（へきち）の城詰めとなってしまった。私はそれでも良かった。その方が良かった気がするけれど、お二人としては都合が悪かったらしい。

「あそこまでは順調だったんだけどね」

トエ様がお茶を啜（すす）り
「歌仙は名目だけ宮姫が欲しくて、飾りそのままにするつもりだった」

解説を続ける。

「他の勢力を刺激したくもなかったようだが、じわじわと三宮と四宮に押されてきた。だから、僕らを呼び戻そうとしている」

「それって？」

「都市中央に冬の前に移動する」

トエ様が予定を示した。

「どうせ、冬山は中原だろうと越えられない。府中は春先から舞所（まいどころ）という名目で屋敷（やしき）を増設している」

「長かったねえ、まあ、調練とか、色々覚えたからいいけどよ」

テン様は三ヶ月ほどで、この城の兵を半数ずつ入れ替えた。

熟練兵は少ないが、その分、大抵の市民、農家の青年が、多少は兵の経験を持った。徴兵も志願兵も取りやすいようにしたのだと語るのがテン様の話。単に、田舎の平和ボケした社会では、そこまでの義務しか通せなかったと語るのが、トエ様の話。

二人の話は片方だけ聞いていると、全然違う話になる。

現場のことは俺に任せろが、テン様の言い分なので、大抵はテン様の好きに行われ、後でトエ様が大騒ぎで調整する。

どういうわけか、無茶で嘘つきなのにテン様は若い兵隊さん達に人気があった。若いから実戦の経験は少ないはずなのに、妙に現場に強いのだそうだ。小規模ながら、麾下の直属百五十騎は、東和指折りの旗本と呼ばれているらしい。

古参兵等の不満はトエ様が子細を取りしきり、それでも駄目な時、恥ずかしながら私の出番となる。

彼等へ、労りの言葉と施しを私の名で送ると、大方は丸く収まってきた。

私の名で出される軍令や律令、成案は実際、ほとんど、補佐役のトエ様が上奏するものなのだけれど。

私は彼等の象徴として、守護し、守護される偶像の役をやる。

テン様が力を、トエ様が知恵を、私が心をそれぞれ支え合う。

三人で補い合う。

「行政にも、こちらの思惑をある程度浸透させた。ここからでも半分は動かせる。軍権は七割、後は民心がどれだけ、姫殿下を求めるかだ」

「カラの番だな」

二人に顔を窺われ、たじろぐ私。

「で、でも、姫なんかより、政治家とか将軍とかがもっと欲しいと思いますよ。皆さん」

慌てて話を相手に押し返す。

「そうでなければならないんだけどね。本当は」

「本当は？」

「楽をしたいんだよ」

昔、どこかで聞いた言葉。

そう言ったテン様は酒瓶を投げ出し、横になった。

屋根と壁の間に星空を見上げる。

「恐い軍人や政治家を呼ぶと、自分達の判断の責任が重くて恐い。だから、柔らかい枕を間に置く。それが、お前だよ」

すごく難しいことを、テン様はたまにすごく簡単に言う。

どう答えたらいいだろうかと考えていると
ぐおぉぉ

「あれ？」

いびきが聞こえた。

「テ、テン様！」

慌てて近寄ってみると、しっかり眠りこけている。

「酔って寝ちゃった」

この人はいつもそうだ。好きなように寝て、好きなように遊ぶ。

「そういう奴だ」

昔からそうだと言いたげに、トエ様がぼそりと呟く。その声も少し眠たげで、諦めた口調だ。誰よりも長い付き合いのお二人。

「でも、風邪ひきます」

一応、揺すったり名前を呼んでみたが、どうにもならない。初めて出会った頃から、こうなると、トエ様でさえ起こせない。

有事とあれば、不思議なくらい素早く起きるのだけれど、有事なんて、そうそうあって欲しくはない。

諦めて、星空を仰ぐ。

「月が高い」

呟く。

仕方ないか。

自分の座に戻り、紅茶を味わう。

「カラ」

「はい？」

トエ様に応じる。

カラと呼ぶ時は、何だか優しい時。

「戻りたくないかい？」

「どこにです」

「只の子にだ」

真面目な話だろうか、少し苦手な話題。

「一度、只の子供に戻るかい」

「出来るんですか？」

「出来るよ。もしもの時は、君は本当に普通の子に戻るといい」

もしもというのは、お城を逐われる時だろうか。元々、本物の姫でもないし。

「もう、紅茶飲めなくなりますね」

私の手の中。ほぼ完全な月の顔が、紅茶の水鏡に揺らいでいる。

紅茶は高い。この辺りでは採れない。

お姫様に成れて一番嬉しかったのは毎日ご飯が食べられ、毎日お風呂に入れることで、二番目に嬉しいのが紅茶の香りを知ったことだった。

「僕はこの地で紅茶が栽培できる社会を作るよ。中原茶もね」

嘘ではないと思う。

蚕の副業を農家に勧めさせ、絹の生産を上げさせたのはこの人だ。山越えの交易者を招き、玻璃の技術を呼び込んでもいるし、紙梳きも発展させ、良質紙の生産は歌仙が宮都市の中でも群を抜こうとしている。物騒な話では、遠方の鉱山都市と火薬の取引も行っているらしい。

「変わるものですね。世の中って」

「ああ、僕は世界を変える。君やテンを使ってね」

「テン様は私やトエ様を使って天下取りですよ」

「競争だな」

小さく笑う声。

この人は、実際、自信家だった。本当は、テン様と中身が一緒なのかも知れないと、よく思う。世の中を動かすのが楽しい人。

夜風が僅かに吹き、寝ころんだテン様が身を捩る。それでも、テン様は目を覚まさず、やがて、私は紅茶を飲み干す。

しばらくして、仕方ないとトエ様を振り向くと、壁にもたれて動かないトエ様。

「トエ様？」

慌てて、今度はトエ様に寄る。

もしかしてと、トエ様を観察すると静かに寝息を立てている。

「お酒飲んでないのに、トエ様まで」

どうしようかと、途方に暮れる。

他勢力との水面下の争いでも続いているのだろうか、二人とも、いつもより疲れている気がした。

起こすと悪い気がするが、幾ら夏期とはいえ、このまま朝を迎えられては堪らない。

軍権と行政権を持つ二人に、風邪で寝込まれたりしたら、どうしていいか判らなくなる。

楼内を見渡す。

端に簡単な炊事道具。それと夜警用の毛布が二つ。

とりあえず、少し、二人を寝かせてあげよう。

毛布を見つけて、そう考えた。

まず、テン様に毛布を掛けて、それから、トエ様に掛けて、それから、私は中央に座して、新しい紅茶を用意する。

しばらく、そのままでいたけど、二人ともいつまで経っても起きない。

どうしようか。

このまま私は部屋に戻ろうか。

薄情だと思われたらどうしよう。

衛兵さんを呼ぼうかと思案する。

大げさかとも悩んでしまう。

第一、主君たる私と一緒なのに、文武筆頭の二人が揃って居眠りなんて、人には見せられないと思う。

その内、空気が夜の深みを見せ始める。

くしゅっ
まずい気がしてきた。

このままでは、私一人風邪をひくような気がする。

トエ様なら何とかなるかな。

幸い、楼閣は狭い。

よいしょよいしょと、壁に滑らせトエ様を引きずる。

小さい頃、野良仕事を手伝っていたから、町の子よりは力に自信があったけれど、思ったよりトエ様は重かった。

テン様の傍らまで寄る。良くも悪くも、こちらさんも目覚めようとしなかった。

「あちゃ、テン様お酒臭い」

寝たままのテン様とトエ様の間に座り込み、二人の毛布の裾半分をそれぞれ分けてもらう。

右にテン様、左にトエ様。

「温々（ぬくぬく）」

小さく呟いた私は、外縁（がいえん）に頭と背を預け、暖と居場所を手に入れる。

「小さい頃みたいだ」

三人が初めて組んだ頃、お金が無くて、一つの寝台に三人で寝たことがあった。

確か、季節外れの嵐の晩。私が恐くて泣き出して、床で寝ていた二人を呼んだのだ。

片方だけ呼ぶのが、何か恐かった気がしたのだと思う。嵐の中に、残された一人が消えてしまいそうで。

私は屋根と横壁の間に星を見上げる。

小さく、吐息をつく。

「ねえ、トエ様、テン様……」

そっと呟く。

「三人で、どこまで行けるんでしょうね」

返事はなく、私は星空を見上げて考えた。

降るような大きな星の群が、あの時の雪のように見えた。

あれから三年。

夏の星座。遠い世界。永年(ずっと)、高い。

見上げ続けている内に、私もいつか眠りについた。

あの雪の日に倒れそうになった時、あのまま倒れていたら、どうなっていただろうかと考えながら。

かたっ
物音に意識が微睡(まどろ)みを離れる。

気がつけば、半身の温もりが遠くなっていた。

「テン様？」

そこにいたはずの長身が居ないと気づく。

「何だ。起きたのか？」

いつもと変わらない、高い位置からの声。

見上げると、長身が手すりに上半身を預ける物見の後ろ姿。

「トエと寝てろ。この俺様が見守ってやるから」

トエ様を笑う口調。

「起きてたんですか？」

「俺はトエと違って寝起きがいいんだ」

よくもまあ、そんな嘘を。

「しっかし、トエが寝てると狸みたいだな。くたーって感じがさ。狸、狸」

後でからかってやろうと、愉快げに肩を上下する背中。何だか気に入ったらしく、けらけら笑って狸という呼び名を連呼している。

この人の前で恥ずかしい失敗は出来ない。きっと、何年もからかわれて遊ばれるのだ。

「何見てるんですか？」

「夜、ここを攻めるとしたら、どう布陣されるか、地形を見てたのさ」

私は眠ったままのトエ様を起こさないようにしながら、毛布を這い出る。

いつの間にか、テン様の毛布が私に掛けられていた。

「戦争、本当に起きるんですか？」

振り向かないままの長身の背に寄ると、壁板にくり貫かれた矢狭間に目を落とす。

だいたい、テン様の見ている光景と同じ辺りが目に入るが、月明かりだけでは、よく様子が見えない。

どれほどの時間が経ったのか、夜はより深くなっていると、空気が教えてくれた。

「さてね、少なくとも山を越えた中原軍はそのうち来るだろうな。平和だった東和の肥沃さは、長年の乱世に疲弊した中原を潤す」

でも、今、テン様が見ているのは西方山脈の向こうではなく、東方の平原の向こうだった。そちらは歌仙都市や四宮鼓(ツヅミ)都市、それに三宮夏目(さんみやナツメ)都市が控える方角だ。

視線を上げて、長身を見上げる。

月がその後頭部の向こうに輝いていた。

私の視線に気づき、月暈(つきがさ)の中、見上げた横顔が頬を弛(ゆる)ませる。

「火は起きるものだ。この世の中は火で出来た物だからな。炎が世界を作り出す。なら、どう火を操るか。そこが勝負所さ」

気まぐれなのか、珍しく饒舌(じょうぜつ)だった。

普段は、もっといい加減な人だ。

この人と、二人きりで真面目な話しをした記憶が無いくらい。

トエ様と三人でならよくあるけれど、実際、この人達の会話は半分以上、私を玩(もてあそ)ぶことに主眼が置かれているとも思う。

長身が動く。

いつものように、長い両腕が私の両脇に伸びて、がっしりした手で高々と抱えられる。

楼閣の手すりに自身の背中を預け、寛(くつろ)ぐように私を見上げるテン様。

私の髪が、夜風に揺らぐ。

夜風に乗り届くのは、テン様の匂い。今日はお酒の香りだけ。たまに、血の匂いがする人。それを隠すために、高価な匂い袋も忘れない人。

私を掲げる両腕のそこかしこにも大小の傷跡。

この人は軍人なのだ。

「覚えときな」

笑顔だけれど、少しだけ正直そうな声。

暗くて、細やかな表情は読めない。

「人はな、人間はな、炎を背負って生きてるんだ。炎の魂がない奴は面白くも何ともねえ。ただ、小手先が上手いか下手かぐらいの差しかねえんだ。そんな奴は適当に飯食って寝てればそれでいいんだ。熱は上へと向かう。炎のある奴だけが、ぞくぞくするような高い価値がある」

「炎の……価値ですか？」

「そうだ」

ひどく楽しそうな頷き。

「高く、高く、上までだ。俺という花火を操るのは、麗しの我が姫殿下かな、それとも、やかましい狸軍師かな」

　そう言う余裕げな表情の向こうには、暗い地表が広がり、ちょうど頭の後ろに、昼間の火災の後が黒々と月光を閉じこめている。

　ぽっかりとした黒い穴。誰にも見通せない。

　明るい炎はよく見えるけど、誰も触れない。

　残すのは炭と灰だけ。

「カラ、天下が欲しいか？」

　唐突だけれど、屈託のない問い。

「いえ、あまり欲しくないです」

　自然に答えた。

　炎なんて私は持っていない。少なくても、この人みたいには。

「何で、俺達について来た？」

　気まぐれだけど、素直な問い。

「世界って何なのか、見てみたかった」

　多分、そうだと思う。

　本当は世界じゃなくて、目の前の人達のことや、自分のことが知りたかったのかも知れない。

何か知りたくて、何か判りたかった。

それが何なのか、まだよく判らない。

小さな頃から、永年（ずっと）、考えているけれど。

そう言えば、この人はどう答えるだろう。

傍らの人はどう答えるだろう。

そして、いつか、大人になった私はどう答えるのだろう。

聞きたいと思う気持ちが少し、聞かなくても判るような気持ちが半分。残りは何だか判らない。

「どうして私を選んだんです？」

別のことを訊く。

何度も訊きそびれてきた言葉。

「一目で本物だと閃（ひらめ）いた」

「嘘つき」

「疑い深そうな顔してたからだよ」

「そんなこと無いです」

「おめえは知りたがり屋だ」

何故（なぜ）か、満足げな声。

「欲のある奴は好きだ。俺は欲の無い奴には何の興味も無い」

あの日の私の欲は、多分、憧れだった。そう思う。

テン様は機嫌良く続ける。

「変化の時代っていうのは夜だ。火を近づけなければ道は照らせまい。俺が火だ。お前は一番いい席で世界を見るといい」

「恐いです。火傷しますよ」

火や力の権化。それが、私にとっての、この人だった。トエ様は知恵の象徴。怖いけれど、多分，私は何度も手を伸ばしてしまう。

「ああ、気をつけな。だが、旨い飯も火の使いようだ。旨い物食いな」

いつもの破顔。人懐っこい。

「いいか、カラ。よく訊きな。もし、俺達に負けが込んだりして、やばくなったら、俺もトエも捨ててさっさと逃げな」

笑いながら、そんなことを口にする。

「私が？」

「そうだ。いざとなったら俺も逃げるから、お前も逃げな。お互い長生きしよう。炎は高みへと走るんだ。いつかな、世の中あの月へ届く日も来る。百年ぐらい長生きすれば、その時代を見られるかも知れないぞ」

とんでもないことを言うのだけれど、お月様を二人して見上げる。

満月を少し過ぎた明るい月が、何だか、いつもより身近に見えた。

何となく、手が届くような気がして、何となく、手を伸ばしそうになった。

「欲しい物は遠いんですね」

「人間は無い物ねだりの生き物だ」

ふと、気がつく。

「酔っていないんですね。お酒に」

月に視線を向けたまま呟く。

「まあな」

軽い笑い声。

でも、今までの会話の中で、一番、嘘の無い言葉。

この人は、お酒を飲んでも本当は酔っていない。眠り込むことはあるけれど、お酒に正体を無くすことは無い。

他人が酔っている時こそ、本当は誰よりも醒めている人だ。

こうして、何かを眺めている時の方が、この人の心は動いているのかも知れない。

疲れ始めた首を下ろすと、目と目が合う。

手の中の一瞬の動きも見逃さず、心の全てを見通すように、テン様は目を細める。

「いいよな。高い所は」

多分、きっと、これも本音。

こんな時、上を見ている時、本当に楽しそうな目をするのだ。この人は。

「でも、テン様」

「ん？」

「高い所は風冷たいです」

夜風が、さっきから、どんどん身体の熱を奪って行く。せっかく、温々だったのに。

「ハハハ、悪い悪い」

楽しそうに、本当に楽しそうに笑う人だった。

それから、眠りこけるトエ様をテン様が蹴り起こして、私達は作戦会議と称した酒盛りとお茶会を続けた。

それは、星と月の明るい夜だった。


朝起きると、私は与えられている私室で目を覚ました。

衣装役さん達が着替えさせてくれたのだろうか。覚えもないのに夜間着にきちんと着替えている。

何事も無いかのように、トエ様は執務室に籠もり、テン様は朝から部下を指揮して昨日の火の始末に働いている。

顔を合わせても、楼内での酒盛りの話は出なかった。

夢だったのかな。

楽しかった。ひどく楽しく幸せな夜だったから、だんだん、そんな気がしてきた。

そう考えれば、いつも計算高いトエ様が無防備に寝ぼけるなんて嘘みたいだし、いつも遊んでいるテン様が、現場以外で真面目な顔をするなんて信じられなくなってくる。

「ふう」

回廊の一角、出窓の一つから空を眺めて、その下で働くテン様達を眺めているとくしゅん
背後で小さく、くしゃみの音。

振り返ると、執務室の扉。

聞こえてきたのはその向こうからで、そこには大抵、私の補佐役で、テン様の軍師でもある人だけがいる。

自然に、はにかんでしまう。

「狸さんも風邪ひくんだ」

私は昼食に薬湯(やくとう)の用意をしようと決める。トエ様の好きな中原茶と一緒にと。

その、とたん、

「何だとっ！」

室内から怒声。

間髪入れず、ばんっと音を立てて、トエ様が執務室から飛び出してきた。

「ひいっ！　ご免なさい！　ご免なさい！　もう狸なんて口が裂けても言いません！」

慌てて回廊の角に縮こまる私に、目もくれないで
「テン！　テン・フォウはどこだ！」

いつもの喚き声。

「この請求書は何だ!?」

書類の束を抱えて喚き散らしている。

「あ、あの、火の始末……外ですよ」

恐る恐る告げると、礼だけ口にして、いつもの早足。

あっという間に消えて行く。

「ど、どうしたんだろう？　今度も何かの作戦なのかな？」

あの二人は、疑い出せばきりがない方達だ。

どきどきしている胸を落ち着けると、ふと、足下に白い物。

トエ様が落としたのだろう書類の一枚。

歌仙特産の薄紙。林業の盛んだった歌仙地方では、一般にまで高く普及している上質紙。

拾って目にして、止まってしまう私。

……何……これ？

「演技じゃないや……」

呟きが洩れる。

「テン様、どこで何してるんですか？　何をどうしたら、こんなお金が……？」

誰か答えてと、私は見たこともない高額面に途方に暮れた。

使い込みを糾弾する怒声が、やがて、風に乗って届いてくる。

いつもの様子に、そのうち、私は可笑しくなって笑い出す。

開け放たれた回廊の窓。そこから見えた夏空は澄んでいて、季節の風が心地良い。

季節の名、空澄は、私の名前なのだから。

私は十二歳の初夏を、こんな風に毎日過ごした。

三節　高夏（たかなつ）　八月

麻の服が、ひどく懐かしい。

絹の肌触りに慣れすぎると、堅く重い気がするけれど、これが本来の私の服装だと思う。

東和の夏は短く、高夏の末になると、袖無しでは朝夕が少しだけ寒い。

夏期が終わりに近づき、涼しくなるから長袖の単衣（ひとえ）で、ちょっとだけ野暮ったい感じ。

ただ、それが気安くて、着心地良くて落ち着く。

だけれど
「ほら、そばかすも付けて、髪も荒れさせて、もっとがさつにいこう」

この所業はひどいのだと思う。

「ううっ、ひどいですよっ！　いつもは着飾れ、着飾れ、白粉（おしろい）しろ、白粉って言うのにっ！」

私達のやりとりに、衣装役兼化粧役の侍女さんも呆れている。

それはそうだろう。

毎日、毎日、田舎娘をお姫様に見立てているのに、いきなり本来の姿に戻せなんて。

ああ、中原から取り寄せた高価な大鏡に、そばかすの貧弱そうな子供が一人映っている。

着る物は、孤児院に流される物を買い取ったらしい使い古し。

丈の短い麻服に、両足は緩やかな割り袴。

造りがしっかりしているのが救いで、何だか半分男の子のような格好。

どう見ても、本来の私だ。流石に、そばかすはないはずだと思うけど。

「もっと、肌の色、野良仕事に慣れた色にならないのか？」

「無茶言わないでください！　普段、日焼けするなって言ってた癖に！」

「うーん、遊牧民の子供を拾ったということにしたいんだが、まあいいか」

ときたま、トエ様はとてつもなくいい加減なことを言い出す。

輪を架けていい加減なテン様が、すぐに同意するから堪らない。

私だって自分の身が可愛い。どうして、こんな目に遭うのだろうか。普段、いい服着て、いいご飯を食べている代償なのだろうか。

「よし、仕上げがすんだら驢馬に乗りたまえ。僕は馬車だ」

いつもと逆のことを言う。

もっとも、トエ様は馬車に相乗りしたがって、めったに馬には乗らないけれど。

「では、待っているから」

さっさと、衣装室から姿を消すトエ様。

トエ様の足音が遠のいてから
「姫様、どうなされたのです？　退位なされるおつもりですか？」

いつも無口な、衣装役のお姉さんが訊いてくる。

この人だけが、私とトエ様テン様の、いい加減な上下関係をはっきりと知っている。

最初は、あらゆる形で忠実な上下関係を演じる予定だったけれど、身近な大人の女性には隠せなかったのだ。

私は以前も今も子供だから。それに、あの人達は恐ろしくいい加減なのだ。

「退位も何も……私は歌仙都市にしか承認されてない姫だから」

口で言って、勝手にやっているだけで、正式な即位なんてしていない。季節ごとに祭祀や儀式を、言われるまま幾つかこなしただけだ。

でも、まさか、本当に、いきなり普通の子に引き戻されるとは。あの夜から、まだ一月も経っていないのに。

「宜(よろ)しいですか、お気をつけくださ い」

細く長身の衣装役さんは、一見、きつい言葉を発しそうな容姿の人だけど、細やかな気配りをしてくれる人だ。とても、頼りになる。

「東征将軍テン・フオウにも七宮左大臣トエル・タウにも。あのお二方は、特別な方です」

「特別？　そうですね」

変な二人。もしかしたら、この東和の地で一番、可笑しな二人かも知れない。

鏡の中で私の顔が笑う。

「お知りでないようですね」

鏡の中、衣装役さんの表情はほとんど変わらない。口調も。

この人はめったに心の様子を見せない。いつも、誰よりも落ち着いている。

三十代なのか、四十代なのかも判らない。もしかしたら、もっとお若いのかもしれない。

「お二人方は、氏素性の知れない方々なのです」

「え？」

「十年ほど前、ふらりと東和都市群に、鼓(ツヅミ)、暮瀬(クラセ)、蒔瀬(マキセ)、そして歌仙(カセン)に現れました。それ以前のことは誰も知りません」

私の髪を弄(いじ)りながら、新しい生地でも説明するかのように彼女は続ける。

「その頃、二十歳前後だったという話ですが、瞬く間に商家や権力者に取り入り、財を成し、すぐに破綻し、その度に都市を流転しました。その末、歌仙では姫殿下擁立により成り上がりました」

　誰も教えてくれなかった、私が出会う前の二人の話。

　私は黙って話を聞き続ける。

「左大臣は大河上流の貿易商の御子息だとの噂(うわさ)があります。将軍の方は、中原から流れてきた傭兵崩れという噂があります。それだけです」

　少しだけ、お二人と昔馴染(むかしなじ)みらしい。このお城でお二人の過去に一番詳しいのは、多分、この人だけれど、それでも、それ以上は知らないそうだ。

　一息ついてから
「彼等は山師です」

　穏やかな容貌が告げた。

「ヤマシ？」

　聞いたことのない言葉を口の中で呟く。

　何かいかがわしい響きだけれど、嫌悪を呼ぶ類ではない。

　私の知識は、教養のために修学したこと以外は、トエ様とテン様の言動に集約されている。その中に無い言葉。

　トエ様がテン様を罵りそうな言葉に思えたけれど聞いたことがない。

使わないのは、自分も該当する言葉だからだろうか。

一度、訊いてみようと思う。

「教えてくれて礼を言います。えーと」

鏡に映る無表情に笑い掛け、私は名前を訊こうとした。

「衣装役。そう呼んでくだされば結構です。あるいは髪結いの女と名指してください」

やっぱりと、私はため息をつく真似をする。

この人は、どうしてか、私に名前を教えてくれない。

もう三年近いお付き合いなのに。このまま、当分、会えなくなるはずなのに。

思い出したように訊いてみて、軽くいなされる。そんな関係が変に心地良くて、結局、本気で問うことはなかった。

ちょっと、そんな月日が遠くなりそうで、ちょっとだけ淋(さび)しい気がする。

「私は姫付きとしてお城を離れることは出来ませんが、もしも、お召し替えが必要ならば、いつでもお呼びください」

「お召し替えですか？」

何のことか判らないで聞き返す。

「もしものことです」

返事は簡潔で、これ以上、このことには触れなかった。

そして、最後まで表情を変えず
「くれぐれもお気をつけください」
もう一度、彼女はそう言った。

「行って来ます」

空っぽの姫殿下の部屋の前で、侍従長さんに頭を下げた。

言葉も服も軽い。

ほっとする。この方が緊張しなくていい。

「姫ご不在を悟られぬよう、我等は姫が修学のため自室に籠もっているよう振る舞います。長引いた場合は、他の理由を考えないといけませんが、その時は、どうぞ、お任せください」

元々、七宮のお姫様は人前に出ることが稀（まれ）だったから、何とかなるような気はした。本当にお飾りのお姫様だったんだと思う。

侍従長さんには午後の修学時間の多くに地理や古事を教えてもらった。トエ様とは違う視点から知識を教えてくれた方だった。変わり者らしいトエ様だけに教えてもらっていたら、かなり、大変なことになっていたと思うから、とても感謝している。

「お外を見てきます」

「宜しいことでしょう。引きこもってばかりでは私のようになってしまいますからな」

侍従長さんは、白い眉毛の下の目を細められ、言葉を続けられる。

「この老骨は、以前は歌仙の街で学者の真似事（まねごと）をしていて、気がつけば世捨て人同然となっておりました。左大臣殿が役目を与えてくれなければどうなっていたのやら」

初めて耳にするお話で、とても気になった。

「どのようにして、ここに呼ばれたのですか」

私は拾われた。この方はどうなのだろう。

尋ねてみると、とても懐かしそうな顔をされた。

「本を褒められました。若い頃、数冊だけ出した小冊子です。歴史の本でした」

それが、とても嬉しかったのだと、声の響きで知ることが出来た。

「左府殿の蔵書に、今もあるのですか」

本好きのトエ様の書庫には古今東西の本が山積みになっている。探すのは大変そうだけれど、読んでみたくなった。

「いつか、お読みくだされればと願いますが、姫殿下には、まだ難しいでしょう」

そう告げた表情は、とても温和で、それから、学者さんだった私の侍従長は、身体を深々と曲げてお辞儀をしてくれた。私も慌てて背を丸める。

「姫殿下のお帰りを楽しみに、城守の役を担わせて頂きます」

「まだ至りませんが、御本が読める日が来るよう、日々、学んできます」

お姫様の時には出来ない大きなお辞儀が、気持ちのままに身体を動かす感触が、とても軽く感じられて、それで、外に出られることが楽しみになった。

もう一度、行って来ますと言って、私は七宮のお城と、お城勤めの方々に、しばしの別れと背を向けた。


痛い。痛い。お、お尻が。

「トエ様ぁ、もう駄目です」

前を行く、色無しの箱馬車に声を掛ける。

覗き戸の網越し、トエ様が後方の私に目を向けてくれる
「君は僕の世話係だろう。取引先まで後、半分だ。耐えたまえ」

言われて田舎道の前を見る。そこには、遥かな丘陵が連なり、所々に緑の森が見える。

このずっと先に、歌仙都市があるはず。

テン様は、よく馬を走らせて行くらしいが、私の行ける道とは思えない。

夏が終わりかけ、秋の近くなる穏やかな時期なのが唯一の救い。

だけど、山土に砂利を敷き詰めて、簡単に整地された田舎道というのは、慣れない身にはとても辛い。あちらこちらで、でこぼこしている。

「トエ様、私、半時も驢馬に乗ったことありませんよ」

小走り程度の緩やかな道行きだけれど、もう朝から長いこと走り続けてる。

まだ、行路は半分も来ていないのに。

「今日は良い経験だ。将来役に立つよ」

ひ、ひどい。

昨日までお姫様だったのに、このぞんざいな扱いは一体……。

くすくすと、周りを固める騎兵の方々も笑っている。

トエ様の護衛隊だ。

うう、この人達、いつも私に毎朝、調練の挨拶に来るのに。

騎兵は毎朝、朝駆けの挨拶に城周辺を周回するので、私は祭祀の都合がない限り、欠かさないで見送るのだけれど、彼等は私が七姫の空澄だとまるで気づいていないようだった。

幾ら、二階層の閲兵台(えつぺいだい)の高みだからって、そんなに違うように見えるのだろうか。それとも、お飾りのお姫様のことなんか、普段から、真面目に見ていないのだろうか。

お化粧がいつも濃いからだろうか。そもそも、衛兵の方々の前にも多くは出ないようにしてきたからだろうか。

「おい、カラカラ。大丈夫か？」

明るい声が私に掛けられる。

「将軍、何ですか？　それ？」

騎兵さんが楽しそうに話にのってくる。

「我らが姫にあやかってだな、田舎娘に名前を付けてやったのだ」

「おお、流石、将軍。素晴らしい名付け」

「そうだろ、そうだろ、わっはははは」

ひ、人でなしっ。

将軍といったら、七宮の近衛にも、歌仙の守備軍全部にも一人しかいないのだ。

「東征将軍命名、軍師付き世話係カララカ嬢なり」

誰かの言葉に、一行は大爆笑。

特にテン様の心底楽しそうな笑い声。

お腹(なか)抱えることはないでしょうに。ないでしょうに。

「仕方ない。乗りなさい」

見かねた様子で簾窓から顔を出し、ようやく、トエ様が馬車に手招いてくれた。

「ほ、本当ですか！」

「ただし、姫殿下には内緒だぞ。臨時とはいえ公式の車なのだからね」

私、姫殿下なのに……。

出かけの衣装役さんの言葉は、このことだったのかと痛感する。真面目過ぎる侍従長さんは、この人に何か騙されているんじゃないだろうか。

「ほらっ、しっかりお仕事するんだぞ」

騎兵さんの一人が驢馬を引き取ってくれる。

あっ、結構、いい人。

私は路上に降りるが、止まらない馬車に気がつく。

ああ、走って乗り移れということ?

「ま、待ってください」

私は情けない声を出して駆け出し、ひいひい言いながら馬車の縁に乗り移った。


箱馬車の中は極楽だった。

普段私が使用する、暖かみのある朱塗り馬車は公式の七宮姫用で、ここでは使えない。

黒塗りは貴族階級、白塗りは富豪、上位公式使節が薄墨色。他は素材色を生かした物以外の馬車は認められていない。

東和の古くからある慣習だそうだ。それ以上は教えてもらっていない。

「ひ、ひどいです」

泣きつくと、トエ様は困った顔を崩した。

「すまない。君はまだ正式には歌仙都市には迎え入れられない。だが、そろそろ、君を戴く都市を知らなければならない時期だ。極秘潜入だよ」

もっともらしいことを続ける。

「長いことお姫様役で、そろそろ解放もしてあげたかったしね」

「顔が笑ってますよ」

「うっ……テンほどではないよ」

箱馬車には四人分の席が一列進路向きにあり、私はトエ様と少しだけ距離を取って座る。

ただ、何かほっとする。

楽なのだ。肩が。

テン様もトエ様も、何処ででも、そう呼べる。東征将軍や左大臣、右府や左府と呼ばないでいい。人前で無理をしなくてもいい。

田舎娘を演じろと言われたけれど、それは困らなかった。何せ、お姫様の役を何年もやっているから、演じるということには大方慣れた。

いや、演じるのをやめたのかな。これは。

ぼんやりと私は考え、横に座り書簡に目を通すトエ様を見る。

「休みなさい」

全てを見越したような声に、無意識に頷く。

轍の踏みしめる走行音と、周囲を行く馬の蹄の音。たまに石が跳ねる音。

先程まで身近に感じていた、驢馬や馬の呼吸音が遠い。

ああ、外と違う。

車内とは、ひどく単調な所だったと、あらためて知る。随分、長いこと馬車でばかり移動していたから、何気なく忘れていた事実。

何となく、そうしたことを感じ取る。

しばらくして、久しぶりに良く動いたと思うと、急速に眠気が来る。

やはり、疲れたのか、私はそのまま眠りについてしまった。


「あはははは っ!」

「な、何ですか?」

けたたましい笑い声がして、目が覚める。

「トエ！　俺は先に行くからな！」

箱馬車の外から聞こえる声は、いつもの明るい声。

「こらっ！　僕の警護はどうした！」

木窓から車外へ顔を出し、叫んでいるのは、いつものトエ様。

「俺は自由に生きる！」

「やかましい！　散々自由だろうが！」

騎兵さん達のゆっくりとした足が速い物に変わると、あっという間に遠のく。

「あ、あのう？」

寝癖で乱れていた前髪を直し、居ずまいを正してトエ様に声を掛けると、トエ様は簾と窓板を閉め、私の傍らに座り直した。

「テンが逃げた。どこかの豪族の家に押し掛けるらしい」

仕方ないと肩を竦める。

「そんな、歌仙までに襲われたら！」

この辺は治安はいいはずだが、勢力争いをしている組織とかもあるはず。

この箱馬車にはお歳をめされた御者さんと、トエ様しかいないのに。騎兵の方達がいなくなると、守りはほとんどないのに。

失礼だけれど、トエ様が格別にお強いなどと聞いたことはないし、思ったこともない。

「歌仙は目の前だ。郊外の豪族の屋敷に向かったのさ」

言われて、慌てて窓の板戸を開き、私は外を眺めた。

気がついてみれば、堅く整地された都市路を、馬車は走っていた。

風の切れ間に、昼間の草原の匂い。

馬車の横手には広い平地。

背後、遠くに山や丘。そして、進路を見る。

なだらかな丘陵の向こうに、白い街並みが見えた。

午後は深く、陽ざしに僅かに赤い色が混じり始めた遠景。黒が多い屋根の群。白く塗られた家壁。数千、いや、万に及ぶ家屋の連なり。

それが、建ち並び、大地がそこだけ盛り上がるような圧倒的な様子を見せている。

一つ一つ、微細に違う家々の積み重ねが、人の生活の場を広げる様子。工場や炊事の白煙が、あちらこちらで立ち上っていた。

見える限りには、お城ほどの大きな建物は十もないけれど、なだらかな平地に人が群れなす土地へ、私達の進む道が繋がっている。

それは、何年かぶりに目にする、懐かしい都市の遠景だった。

城壁都市ではない歌仙都市は、四方の大通りにだけ検問が設置されていた。

整地された舗装路は大通り門の範囲しかないので、大規模な輸送や移動はそこだけの監査でいいのだそうな。後は見張り台やらで周囲を警戒しなければならないのだろうが、どの程度やっているのか、今の私は知らない。

長いこと平和だったから、あまりやっていないと聞いているけれど。

検問でのトエ様は顔見せだけで、守衛隊に挨拶された。

この人は月に一度は、三日ほど足を運んでいるから当然で、私は侍女見習いだという一言で済まされた。

そのまま、私達が通行した北門の先に宿があり、そこで馬車は止められた。

「ここは何ですか？」

馬車を降りると、それなりに格式がある三階建ての宿を眺めた。

切妻屋根の角張った中原風の木造館で、うちの城より、見かけが立派なような気がする。

「僕の副業だ」

トエ様は、宿から出てきた案内人に荷物を手渡しつつ答えた。

「ここの主人は僕だ。一、二階は普通の宿屋だよ。三階は僕とテン、貴重なお客人、そして姫殿下の専用となっているんだ」

そんな話、初めて聞いた。

呆れた顔をしてしまう。この人は、もしかして商人さんをやっていれば、それでいいような気がする。

「まだ、姫殿下も泊まったことがない。テンもたまにしか泊まらないよ。さあ、どうぞ、お嬢さん」

私を促すトエ様の顔は、様子を窺う意地悪だったので、私は顔を見せないで、その足に続いた。トエ様が笑っているのは見なくても判る。

建物の外装は文化の進んだ中原風の堅牢(けんろう)な造りで、城造りに似た簡素な物だった。内部には、それを緩和させる豊かな木彫りの壁細工が目立って見えた。

宿の一階と二階は、少し瀟洒(しょうしゃ)という程度だったけれど、三階は七宮城の内宮(うちみや)と大差ない大がかりな装飾がなされていた。もっとも、それらは一見、高級そうではあったけれど、対外用の飾りでしかない。本当に高価な仕様を、実務派のトエ様は嫌がる癖がある。

私達の中で、美術品や装飾品の価値が真面目に判るのはテン様ぐらいだ。お金持ちとの交遊が激しいせいか、物を見る目が肥えているらしい。

だから、内装などの見立ては、大抵、テン様がやるのだけれど、派手すぎると半分はトエ様が変更していたりする。それを、七宮のお姫様は、いつも事後承認。

そんな中で、トエ様の専用室だけは、この人好みの、飾り無い質素な物だった。七宮城にある左大臣の私室と変わらない。

ただ、蔵書が異様に多く、特注の本棚が壁を埋め尽くしているのだけれど。

知らない言葉の背表紙が多くて、そこから誰かの本を探すのは難しそうだった。見つけられても、きっと難解な言葉がたくさん続くのだろう。

そこで二人、寛いで今後を語る。

「さて、君に姫殿下の部屋を使わせるわけにはいかないね」

寝台に腰掛けて、トエ様は頭を掻いた。

「次官用の予備部屋を用意させている。ここの隣だから、いつでも来たまえ」

「次官？」

向かい合って丸椅子に座る私は、そんな役職はうちにはないはずだと思う。

「何れ、必要になると思ってね」

政治の話なのだろう。多少しか、私には判らない。

「今から秋の間に、そう、今の内に普通の街を体験すると良いよ。冬には、府中の傍らに屋敷が用意され、仮宮となる」

それは新しい七宮の居城なのだろう。

「街、今日から歩いていいですか？」

その話題はまだ先のことだろうと、目の前のことを訊いてみる。

「数日は駄目だ」

　返事はにべもない。

「今日は僕の仕事を見て欲しい。少し下働きらしい動きを関係者に示して欲しい」

　ああ、なるほどと思う。

　つい、お姫様を演じないで済むから忘れていたけれど、今度はその役をやらなければいけないのだった。頑張らないと。

「その後なら、よろしいですか？」

　訊いてみると、しばらく考える顔をしてから頷いて
「この子と、一緒ならね」

　顎をしゃくるトエ様。

　部屋の奥を見ろという動きに、何かと首を回して、それから声を無くした。

　そこに男の子が居た。

　灰色の髪と灰色の目。

　少し異国の匂いのする顔立ち。

　歳は私と同じくらいだろうか、背丈は少しあるけれど、まだ幼さのある顔立ちは、あの衣装役さんのように無表情な少年。

　細身の身体が、清潔そうだけれど、色褪せた黒装束に包まれている。

身体に密着した黒服の上に、何処にでもあるような灰色の羽織。よく見ると、異国風の不思議な格好だけれど、少し見ただけでは気がつかない地味な姿。

どこか、記憶の片隅にある立ち姿。

知っている人だった。

「日影(ヒカゲ)さん？」

テン様が遊びで象形文字を与えた少年。

二年ほど前、一度だけ、私の前に立った人。

それが、私に何の関知もさせず、部屋の隅に立っていた。

『歌仙で拾ってきたんだ。使えるぜ』

確か、そう言ってテン様が城に連れてきて、私に引き合わせた灰色の少年。

声一つ出さず、私をちらりとだけ見た。そんな男の子だった。

どういうわけか、その日、その時しか姿を見ず、テン様が、どこか外部の部署に連れて行ったのだろうと思っていた少年。

そんな人が、そのままで大きくなって、肩幅に逞(たくま)しさを持ち、肌を少し褐色にして、こうして私の前に立っている。

「今度のことのために呼びつけた。大方は言い含めてある」

ヒカゲさんを見ている私に、トエ様が語り続ける。

「ヒカゲは歌仙の地理に詳しい。案内も補佐もできる。残念だが、僕は顔が知れていてね、それほど闊歩できる身分ではない」

トエ様は残念そうに肩を竦めた。

まあ、早婚の地方では親子ほども歳が違うから。それでなくても、都市では一緒に歩きにくいのかも知れない。ヒカゲさんとならば、年子の兄妹にも見えるだろう。

そんなことを考えつつ席を立ち、私はヒカゲさんの前に歩んだ。

立ち止まり、小首を傾げ、両指を胸元で重ねる略礼を取る。

「七宮の空澄です。御健勝のご様子で何よりです」

返事はなく、ヒカゲさんは微動だにせずに私を見つめている。

何か恐い沈黙。

ああ、そうか。

「ご免なさい。空澄です。宜しくお願いします」

いつもの癖で、お姫様面したのが悪いのだと、地顔ではにかんで平伏する。

それでも返事はなく、微動だにせず立ちつくすヒカゲさん。

どうしよう。何か間違えたのか。

一度、顔を合わせているというのは勘違いか何かだったろうか。何せ、一度しか顔を合わせていないような来訪の方々は大勢いる。

焦っていると
「ヒカゲ」

見かねたトエ様が声を掛ける。

「姫殿下は友人を必要としている。君は誠意の限りに姫殿下に応じろ」

その言葉に、ヒカゲさんの目が、私からトエ様に向けられた。

変わった動きだった。

身体は揺れさえもせず、灰色の両の目だけが鋭く動く。

その口がゆっくりと動く。

「……いいんですか」

ようやく、微かな声。小さな独り言のような、トエ様への確認の言葉。

感情を感じさせないのは衣装役の侍女さんに似ているけれど、もっと飾りの無い声。

何かの、簡素な器具が声を発したような、平坦な印象を受ける声。

「許可する。いや、必要ならば、いつでもいいと、初めて会った時に告げたはずだ」

事務的な口調をするトエ様だけど、この人の言葉には、いい意味でも悪い意味でも、必ず感情の動きが見えると思う。

頷く動き。ここで、やっと普通の人の動きが見えたが、少しだけだった。

瞬きをして、私に向き直る少年。

「名はヒカゲ」

相変わらずの声で名乗り始める。

「あんたを護るから、呼びたければいつでも呼べ。出来るだけ近くにいる」

「そうですか……宜しくお願いします」

よく判らないまま了承すると、そのまま私の傍らを通り過ぎ、部屋の出入り口へと歩き出すヒカゲさん。

「どちらへ？」

この地方は本来引き戸が主流だが、中原風の開閉戸を開く背に訊く。

「どこにでもいて、どこにもいないのが俺の仕事だ」

そして、扉の向こう、廊下へ姿を消して行く。

しばらく、私はぼう然とした。

「何なんですか？　変わった方ですね」

扉に向いたまま呟くと、トエ様が頭を掻いていた。

「照れ屋なんだ」

ぼそっと、答えてくれる。

それから
「気がつかなかったかい？」

問い掛けが来る。

「ええ、最初から部屋に居たんですか？」

素直にすごいと思う。

あんな守備兵がいたら、泥棒みたいな犯罪者なんていなくなるんじゃないだろうか。

「違うよ。そっちじゃない。彼には音が無いのさ」

「え？」

トエ様に目を向けると、私の方を見ないで、開け放たれた窓枠に腕を立てて、宿の中庭を見下ろしていた。

午後の陽ざしが僅かに緩い。

「君の傍らを歩く音、戸を閉める音、廊下を行く音、何も聞こえやしなかったよ」

そう言われれば、覚えがない。

「東方の果てに無音の技を持ち、あらゆる隠密（おんみつ）に長じた集団がいた。幼い頃から修練を積み、困難を克服した者達」

唄うように語って、トエ様は口元だけで笑った。

角度的に、その顔はほとんど見えなかったけれど、こういう時、この人は必ず笑みを作るのだと私は知っている。

「ほとんど、廃れてるらしいが、彼は彼等の、数少ない生き残りだよ」

目まぐるしく、数日が過ぎた。

中原茶を運んだり、書類を抱えたり、トエ様の後ろを、てくてく、てくてく。

ある時は外回り、ある時は執務室、ある時は社交場に。その内には、外務用の侍女服が支給されてしまった。とても実用的で、トエ様好みの働きやすい服だった。

こんなはずじゃなかったのに。

「左府殿には姫殿下に宜しくとお伝えください。我が商会は援助は惜しみません」

そう口にする財界人に、トエ様が侍女服の私を指して
「姫殿下のお側付き見習いです。公式には自分が、非公式には彼女が、姫殿下に御誠意の数々を伝えましょう」

等と言うから、後でトエ様が席を離れると言い寄られて
「よいか？　おじさん達のことを姫様に、それから将軍によく言っておくれよ」

そうしてお金や貴石を握らせられたりする。

ある時は貴族やら華族やらの宴席で
「お優しい姫殿下が、家族を失い路頭に迷っていた孤児を拾い、自分に預けてくださりました。彼女のように一日も早く姫のお役に立ちたいという子供達が、七宮城や周辺村

落には大勢います」

　等と言うから

「まあ、姫殿下は社交場に出ないと噂されておりましたが、そのような施しに力を注いでおられましたとは」

「いえ、奥様。東征将軍も前にそう申されていましたわ。本当でしたのね」

　生き証人にされてしまった。

　ある時は豪族の屋敷で

「夏目都市と鼓都市の勢力争いで離散した家族を捜す少女です。他都市の圧政横暴の犠牲を止めましょう。なにとぞ、今後とも、お力添えを願います」

　等と言うから

「戦(いくさ)はいかんのう。時代を変えねばな」

　武家屋敷で正座して、難しい話になったりする。

　……あたし、何役やればいいんだろう？

「どひぃ」

　与えられた私室で寝台に転がると、天井を見上げる。

神撰都市の画家が描いた薄墨の天井画には、どこか遠い渓谷の遠景。

難しい技法の絵は、きっと、本来、ここに泊まるはずの大人の人達で無いと判らない。

それとも、難しすぎて、大人でも判らないのだろうか。そんなことを考える。

静かな穏やかな時間。

寝台横の半開きの窓辺には、陽ざしに赤い色が混じっている。

もうすぐ、四日目の夕方だ。

「トエ様って……嘘つきだなぁ」

しみじみと一人で呟く。

「どうして、片っ端から嘘がつけるんだろう？」

つい、ある外回りの帰り道で、本人にそう訊いてしまった。

答えは笑って
「どうせ世の中は嘘で出来ている。だから、どうせなら面白い嘘をついてみようと思ってね。勿論（もちろん）、相手に損はさせないよ」

まるで詐欺師の言い分だけれど、何だかんだと言いくるめられてしまった。

名人芸だと思う。私も人のことは言えないのだけれど、つくづくそう思う。

どうも、半分は私を困らせて楽しんでいるのだけれど、次から次へと、空澄姫は理想化されてる気がしてきた。

「お姫様って難しいよなぁ」

このままでは、時が来ても、元の姫に戻るだけでは足りない気がしてくる。もっと完璧なお姫様をやらないと追いつかない。

それに、もっと問題なのはテン様だ。

どうも、この人が一番いけない気がしてきた。

人伝に聞くと、どうやら、そこら中で、こんな話をしているらしい。

『姫殿下は私に、戦争の無い世界を創ってくださいと涙ながらに訴えられました』

『他都市、他勢力の卑劣な嫌がらせに、連夜侍女と涙にくれ、それでも、昼間は気丈に部下達を指揮していらっしゃる』

『東和の希望の役割は歌仙が握る。神撰都市を倒した後は、歌仙こそ王都として再開発すると常々申されておられる』

『聡明さで神撰の黒曜姫に、美貌では鼓の琥珀姫に、人望では鈴真の翡翠姫に比類し、慈愛では他を寄せ付けないのが我が姫殿下なのだ』

まだまだあるよ。三日しか出歩いていないのに。

……どうしよう……逃げたくなった……。

とにかく、私が山奥で、大して城を出ずに教育を受けてる間、お二人が、軍事より、こっちに力を入れていたらしいのが判った。

「一宮（いちみや）の神撰（シンセン）の黒曜姫（こくようひめ）から、二宮（にのみや）鈴真（スズマ）の翡翠姫（ひすいひめ）、三宮（さんみや）夏目（ナツメ）の常磐姫（ときわひめ）、四宮（しのみや）鼓（ツヅミ）の琥珀姫（こはくひめ）、五宮（いつみや）暮瀬（クラセ）の浅黄姫（あさぎひめ）、六宮（むつみや）蒔瀬（マキセ）の萌葱姫（もえぎひめ）、そして七宮（ななみや）歌仙（カセン）の空澄姫（からすみひめ）。七都市に七人の姫君か」

独り言を続ける。

「七姫は皆、こんな苦労をしているのかな」

会ったことなんか一度もない。同じ境遇の人達のことを考える。

他の都市は擁立する力がなかっただけで、本当はもっと増えても不思議ではなかった七人。最後の一人が私。

先代の王様は沢山の妻妾（さいしょう）や愛人がいたらしく、何人、庶子がいても不思議ではなかったと聞かされている。本家がまとめて流行病に倒れ、暗殺もあったりして、結局、濁流から後継者を捜す羽目になった王制の存亡。

もしかしたら、私以外は本当にみんな、先代の子供だったりして。

そこまで考え、まさかと笑う。……つもりだったけど、寝台から慌てて身を起こす。

急に心配になってきた。ありそうな気がしてきたのだ。

何せ、あのテン様とトエ様だ。

もし、仮に、本当にそうだと知っていても、気にしないで偽者を立てて喜ぶ気がする。

考えたら、すごくあり得る。

『お気をつけください』

七宮城を出る時の注意が耳に木霊する。

このことだったのだろうか。

『この子にしようぜ』

『丈夫そうなのにしよう。あまり将来の保証はしてやれないからね』

あの三年前のいい加減な言動からしても、何だかそんな気がしてくる。

皆、偽者らしいという話だったのに、実は私だけ偽者だったりしたらどうしよう。

他のお姫様は、本当に真面目で、綺麗で、後衛の方々も、うちと違って立派な方々だったりしたらどうしよう。私だけ、のほほんとしていたらどうなっちゃうんだろう。

「逃げようかな……やっぱ」

そろそろ涼しい時間なのに、背中に汗が走ったりする。

いや、落ち着こう。ひとまず。

何か、考えれば考えるほど、恐いことになりそうな気がしてきたから、落ち着かなければと考える。

窓辺に出て、外の空気を吸おう。それから、頭を冷やそう。

寝台を乗り越え、お城で、私達の帰りや呼び出しを待っている侍従長達には見せられない、だらしない動きで窓辺にへばりつく。

漆塗りで磨き上げられた窓枠に身をのせて、外へ顔を出す。

「ふう」

火照った顔に、晩夏(おそなつ)の風が吹き付ける。冷たい時期を予感させるけど、まだ熱を持つ風。

ありがたい優しさに感じられる。

そして、赤みがかった陽光に目を細める。

そろそろ、陽が落ちていると理解できる時間。遠い西の地平に落ちようとしている太陽。その下方が空気のぶれに揺らめいている。

鮮やかな光景は、家々の屋根の向こう、夏草の立つ原野を染め始めている。

人のざわめきに視線を落とす。

窓の下、宿の前の大通りを行き交う人々。

仕事帰りなのか、家路を急ぐ人が多い気がする。城に籠もっていたら、見られなかっただろう、長閑な風景。

昼間に聞こえていた蟬(せみ)の声は遠くなっていた。

耳を澄ませば、ざわめきに談笑や、口論が断片となって聞き取れてくる。小さい子の甲高い返事。通りの向こうで赤ちゃんの泣き声。それから、夕暮れの空から鳥の声。

日常かな、これが。

ぼんやりと感じ取る。

油所(あぶらどころ)のある鈴真が紛争中のため、灯り油は貴重だ。それ故、都市中央以外は夜が早く、行き交う人々も早足に見える。

羽織姿の行き交いは、町衆の活力で、たまに、流行(はや)り始めの、身体に密着する中原服造りが見受けられる。夏服の単衣(ひとえ)に混じり、秋物の重ね着もそこかしこ。

お城や周りの村落では見られなかった光景。

何か他愛(たわい)のない豊かさ。

ああ、これはトエ様の言いぐさだな。

気がついて笑っちゃう。

知らず知らず、考え方の嗜好(しこう)が似てしまう。

「結局、もう遅いかな」

呟くと、少し気が楽になった。

もう一度、家々の向こうに夕日を見据えて楽にする。

夕映えの下、幾つかの家で明かりが灯(とも)り始めている。

ふと、勾配屋根の切れ間に、高台の公園を見つけた。

何かの記念に、人によって造られた小さな丘陵が城の土台のようにあり、花木が立ち並んでいるようだ。

東和は祭り上げに円錐(えんすい)に近い丘陵を、無ければ人工的な高台を用いる。私の契約した玉水府もそうだった。

割と小さめだから、目に入ったのは特に名もない存在なのだろうと思う。

歩いて、すぐに行き帰り出来る距離。

「行ってみよう」

無意識に呟いて窓から離れると、私は夜間用の筒外套を羽織り、私室を出た。

艶のある板張り廊下に出ると、隣の部屋のトエ様は、お客さんと話をしているようだった。もう公式な仕事ではないはずだ。微かに聞こえてくる声も、お客さんの一方的で事務的な物だった。

多分、情報屋さんなのだろう。

気づかれないように、その前をひっそりと通り過ぎ、階段へ向かう。

「……鼓の琥珀姫が……圧力……斥候……」

切れ切れに、報告の断片を耳に拾いながら、階下へ降りて行く。

上手く宿の人達とも折り合いをつけ、私は宿前の大通りへと出た。

そのまま、トエ様に見つかるまいと、人混みに紛れ、大通りを西へ進む。

窓から、大方の道は記憶したつもりだ。

すぐに辿り着けるはず。

雑貨屋の前を抜け、乾物屋の前を抜け、民家の界隈（かいわい）を抜け、道行く人の波に逆らうように歩き続けた。

風鈴の音がどこかの軒先。

高く脆い色は硝子造りで、軽く鈍いのは竹風鈴。それに陶器の音も遠く。

夕顔の咲く家々。夕涼の街。

所在なげに向日葵が並ぶ庭先では、小さな子供達が、まだ声高く遊んでいる。

影さす茜色の路上。長い影を連れて行く人々。

そんな光景の中を歩いていた。

別に大きな目的はなかった。

違う景色を目にしたかった。違う空気を吸いたかった。それだけだった。

それで、何だか、懐かしいくすぐったさを周りに感じたりする。

でも、この街の中、この家々には、私の居場所は無いのだろう。

やがて、高台の足下、石段に立つ。

三十段ほどだ。

これならば、宿の三階窓より高さは下なのだろう。それは、窓からも判ったが、室内とは違った景色が見えればそれでよかった。

元気良く、今日、最後の元気を用いて石段を上る。

私が階段を上りきった時、最後の子供達が帰る瞬間で、最上段ですれ違う。

小さな子達と入れ替わり、私が一人、階段上。

目に映るのは、夕焼けに染まる広場だった。

夏落葉が風に舞う静かな景色。蝉達も静まり、そろそろ夏虫が鳴き始める頃だった。

もう、人影の無い、ちょっとした更地を、鎮守の木々が囲んでいた。

常磐の木々に囲まれた円形の広場。そこは地肌むき出しだが、堅く、しっかりと安定した山土だった。

小さな町祭りやらの祭事にちょうど良く、集会所、そして子供の遊び場になっているだろう空間。人がいないと、やたらもの悲しい場所だけれど、静けさが欲しかった私は気にしなかった。

茜色の広場。木立達が影法師を長く伸ばして、地面の上で背比べしているような景色。

足下でも、小さな砂利達が身の丈の倍以上ある影を従えていた。

西日を探してみれば、遠く、遠く、なだらかな平野の向こうに幾つかの山々が見えて、その頭に赤みの深い夕日。

ちょっと、息を呑む。

ほとんど、無意識に広場を西へと横切り始めた。

顎を上げて、広がる展望に目を見開く。

世界は茜色と影の色だった。

風に行く流れ雲が、夕色と影色に染まって遠く、近い空を、もつれ雲が柔らかく広がっていた。やがて来る夏の終わりが、感じられる色。

やがて、ちょっとした高さの木立が並び、景色を楽しむための長椅子が作りつけられた高台の一端へと辿り着く。

そこからは西に広がる町並みと、その向こうに広がる平野が望めた。

視線を少し落とせば影に染まる家々の群、夕餉の煙が立ち並ぶ灯火の窓が見て取れた。

何だか、温かい光景。

「綺麗……」

考えないで呟く。

「そうですね」

「はい……えっ？」

頷き掛けて、はっとする。

すぐそこ、傍らからの声。ちょっとだけの距離がある左側。

慌てて、そちら側に顔を向けた。

そこに、小柄な人影があった。

西の端、私が立った広場の隅には作りつけの長椅子があった。それには気がついていて、そこに座ろうかと思っていた。

だけど、先客が一人居ることに全然気づいていなかった。

広がった景色に目を奪われて、人影と木立の影法師を区別出来なかった自分に気がつく。それに、色褪せた木造の長椅子に座した人は黒衣で、背もたれの向こうで、ひどく穏やかだったから。

「あら、お声を掛けてくれたのではないのですか？」

澄んだ声が私に問い掛けていた。

「あ、あの、お邪魔しましたか？」

どう答えたらいいか判らなくて、たじろいでしまう。

「いいえ、寛いでいただけですから」

私の反応が可笑しかったのか、彼女が小さく笑った。

長い黒髪が陽ざしを跳ねて揺れ、頭の上で黒帽子が軽く上下する。

黒衣の、そして、長い黒髪の人だった。

黒単色の姿は喪服のようで、お葬式帰りに見えた。ただ、上着は割とおしゃれな外套で喪服には思えない。

陽光を吸収する黒い影は、季節的に暑くなるはずだが、多分、陽の高い時期は木陰か何かに居たのだろうと思う。

生地自体は薄絹で、帽子も夏帽子のようだった。

「夕涼みですか？」

変な始まりをごまかそうと、訊いてみる。

「ええ、夏はこの時間が一番好きです。暑いんですよ。この色」

広袖を纏った両手を小さく広げ、茜色を照り返す頬に笑顔を浮かべる人。

「なら、この時期は黒の衣は避けた方がいいと思いますよ」

私だって夏は薄色しか着ない。

「そうなんですが、この色趣味でして」

ちょっと、とぼけたような、その癖、真面目そうな声。

「趣味なんですか、じゃあ、仕方ないですね」

テン様もトエ様も趣味のためには、どんな自腹もいとわない人だから、そう言う人の気持ちはよく判ったので頷いてしまう。

だけど、多分、変な受け答えだったのだ。

だって、座ったまま私の方を向いていた彼女は不思議そうに私を見つめて、それから指先を口元にあてて笑い出したのだから。

「そんな返事を頂いたの、初めてですわ」

よほど興に入ったのか、顔を伏せて、しばらく笑いを堪えたりする。

「ご免なさい……笑ったりして」

少しして立ち直ると、穏やかな眼差しが私に向き直った。

ゆったりとした挙動で、長椅子に座り直される黒衣の姿。肩に羽織る上着は、全身を包み込む長い外套だった。

紅い陽に煌めいて、淡い刺繍が裾先に見える。

一房の胡蝶蘭。

「貴女は、どうしてこちらに？」

はっきりとした澄んだ声が私に向けられた。

「私、あの……」

落ち着いた、優雅とさえ言える様子に、また慌ててしまう。

向けられた声と、視線が素直に綺麗すぎた。

端正な、とても端正な少女が私の前に座っていた。

切れ長の瞳と、細い顎。一つ一つが、宝玉に刻まれた彫細工のように整った目鼻と唇。

私が出会った全ての人の、誰よりも白い肌と、誰よりも黒い髪。

背中で一つに束ねた黒髪と、それに負けない黒さの瞳が、夕焼けを反射する少女の頬と鮮やかに対照的だった。

「夕焼けを見に来て、そのう、お一人かと思いまして、お声を掛けさせて頂きました」

見とれてはいけないと目を伏せて、慌てて変な嘘で取り繕う。気がつかなかった間抜けさが、恥ずかしくて耳が熱くなったりする。

　気がついたら、胸がどきどきしていたから、落ち着こうと言葉を探す。

「淋しいですものね。居合わせているのに、お声が掛けられないのも」

「そうですね」

　静かな返答は、どこか優しく聞こえた。思いつきの嘘なんかお見通しな、何でも知っている大人の表情。

「いえ……その……やっぱり、お邪魔しましたね」

　良い言葉を探しながら、彼女と顔を合わせると、とても軟らかい表情をしていた。

　よく見ると、私より年上のようだった。

　大人びた顔立ちに落ち着いた表情は、何歳も年上にさえ感じられるけれど、二つか三つ上ぐらいにも思える。

　お姉さんと呼んだ方が良さそうだ。

　年上さんなのだと思ったら、少し胸が落ち着いてくれた。

「構いませんよ。あてはありませんから」

　どうとでも取れる断片的な言葉を口にして、彼女は西の空に目をやった。

　私もそちらに視線を向けた。

　半円の茜色。

いつの間にか落陽は、その身の下半分を遠い山間の起伏に隠していた。

「綺麗ですね」

黒衣の上で形の良い唇が動くのを横目に
「そうですね」

と返事する。

「あの山々は西方山脈の末端です。おかしいですよね、東和からは西方山脈という呼称で宜しいのでしょうが、中原からは東方山脈と呼ばれてるんですよ」

紛らわしいと、くすくす笑う声。

「あの山々が北へ大きく広がり、大きな陸路を塞いでいますから、西の彼方(かなた)に広がる中央のもめ事も遠いんです。あの陽の先には足下がありませんから」

東和では西方に位置する歌仙よりも、遥か西の事を耳にする。

正確かどうかも定かでない地図で、昔、あの二人や、侍従団の方々が教えてくれたことを思い出す。

「山々の、そのずっと向こうには、人もまばらな僻地があって、やがて、南から入り込んだ海が見えるのだそうです。海の向こうには中原の南縁へ海路が続くそうですが、あまり行き交いはないそうです。東和にとっても、中原にとっても僻地同士ですから。それより、南洋へお互い向かうのだそうです。暖かい土地を求めて」

東の果ては海が囲んでいて、北寄りには西方山脈が、南からは入り込んだ内海が東和を包んでいるらしい。もう少し長く大きな土地ならば、東和は半島と呼ばれる地形の中にあると、昔、トエ様に教わったことがある。

「海……いいですね」

見たことのない名前だけの存在に少し憧れる。内地に生まれれば、旅行家以外は、生まれた土地や、働きに出た都会しか知らないのが当たり前だ。

旅行家は特別な商売人か、ご遊覧の特権階級に限られている。後は、多分、昔のテン様達のような流浪人ぐらい。

「揺らぐ広野ですよ。足下に底がない」

どこかで見たことがあるのか、躊躇いの無い言葉。

「そうですか」

小さく返事をして、落日の光景を眺め続ける。

私達は、そのまま沈黙して、夕日が消えて行くのを眺めた。

七割方沈んだ頃、青葉木菟（あおばずく）が鳴き始めた。

視界の上の方に、輪郭がはっきりし始めた夕月と、瞬（まばた）く早星（はやぼし）。

こーんと、どこか遠くで鐘の音。

水時計を備えた時司（ときづかさ）の、高くて重い音色。

穏やかな速さで、夕暮れを送って行く。

「そろそろ、刻限ですか？」

もう夕涼みには遅い時間だと訊いてみる。

「刻限ですね。ですが、急ぎません」

応じた黒影は黒帽子の鍔を上向きに傾げて、頭上を仰ぐ。私も続く。

高みには雲の群が赤く、そして影色を滲ませている。

陽が見えなくなっても、残滓は淡く夕暮れの景色を続けている。

「お一人ですか？」

訊かれたのは私の方。

「はい。ちょっと一人になりたくて、お世話になっているところから抜け出してきました」

「奇遇ですね。同じです」

「やっぱり、邪魔でしたか」

「いえ、厭きたところでした」

ちょっと変な気のする会話。それが何かくすぐったい。

向こうもそう思ってくれたのだろう。黒帽子を被り直す横顔で口元が綻んでいた。

「でも、そろそろ帰らないと、ここらは急に暗くなります」

鐘の音が終わる頃、黒衣がゆっくりと立ち上がった。

黒帽子は私より、頭一つ高い位置。

「そうですね」

同意する。私もそうは思っていたが、何となく切り上げにくくなっていた。

「帰りの階段はどちら？　ご一緒しませんか？」

「私こちら」

お互いが手を出して示したのは、西の階段と東の階段で、顔を見合わせて、どちらからともなく笑う。

笑い方も、何だか子供っぽい私と、上品な彼女。真似しようとしても、ちょっと上手く行かない。何だか、それも可笑しく思えた。

「では、ごきげんよう」

「ごきげんよう」

黒衣の人と、私は背を向け合い、夕映えの中で別れた。

一度、振り向くと、彼女の姿はもう視界には無くなり、何となく淋しくなって東の階段の最上段に立つ。

そこにも、黒衣が見えた。

灰色混じりの人影。

見下ろす階段の途中に、片膝を抱えて座る少年の姿があった。

陽の当たらない暗い階段の途中で、私を見上げる眼差し。

「ヒカゲさん」

いつからいたのだろうか、全く気が付かなかった。

「暗くなった。迎えがいる」

短い言葉が、彼の筋だった。


「黒衣の女の人……見ました？」

同じような格好だったと、前を行く背に訊いてみる。その背丈も同じくらい。

灰色の羽織の下に黒衣。ただし、こちらさんの服は荒く着込まれていて、色がやや薄く見える。薄墨色という感じ。

彼のとは違い、あの人の深みのある黒衣は、かなり高い生地だろうと思えた。造りも細やかで、この辺の意匠では無い気がする。

黒綾（くろあや）という言葉は、あんな夏衣に使われるのだろう。

夏燈（なつともし）の戻り道。人通りは随分と減り、代わりに、かわほりが鳴くことも無く夕空に舞う。

「綺麗な人でしたよ。品のいい方で。もしかして、どこか外回り先の、名家のお嬢様かも知れませんね」

思い出すだけで、どきどきしてる自分を感じたりする。

あの人なら、きっと、私なんかより、空澄姫をきちんと演じられるのだろう。そんなことを思いながら、遠回しに自分の気持ちを伝えようとしてみる。

だけど、返答は予測通り無い。

多分、宿の外に出た時から追従されていたのだろうが、彼はそれを口にしない。

多分、テン様やトエ様に何かしら報告する際も、最低限のことしか語らない少年なのだと思える。

「……夕飯の鴨は歌仙の名物だ」

燈火を纏う宿屋敷が見えた頃、ぼそっと呟きがあって、目を丸くする。

そのまま、私を振り向かずに、宿にも戻らず、手近な小径へと姿を消すヒカゲさん。

消えてゆく先には人影もなく、灯蛾だけがちらちらと舞っていた。

どこで食事を摂り、どこで寝るのか、彼の日常はテン様やトエ様もよく知らないらしい。

そんな背中を見送り、立ちつくしてしまう。

「もしかして気を使ってくれた？」

しばらくしてから気が付いて、私は急に、あの無口な背に親しみを覚えた。

何だか、ちょっとしたことが嬉しくなる。

そんな幸せを感じながらも、私は夕焼けを一緒に眺めた人のことが、どういうわけか頭から離れなかった。

茜色の世界で影色の服が佇む光景が、何だか、忘れられなかった。もっと、お話ししたかったのだと、上手く話せなかった自分が恥ずかしくて、耳元が熱くなったりした。

そして、名前を聞き損ねたことを後悔し、また会えることを不思議なくらい切望した。

四節　早風(はやかぜ)　九月

私達が歌仙に居留して、一月(ひとつき)が経とうとしていた。

その間、テン様は一度だけやって来て、三日三晩宴会をやり、そのまま姿を消した。お城に手勢はほぼ返したようだが、本人の挙動はトエ様にも教えていないらしい。

何か、二人の密約があるとは思うけれど、どうも私には見当がつかない。

トエ様は来月には、姫殿下が府中の承認を得て歌仙都市に迎え入れられると話を進めていた。何やら仰々しい宮行列を組んで、話を盛り上げようとしているようだ。

その空澄姫殿下は、今は七宮城の奥の院に籠もり、祭祀の修行中ということになっている。俗世との交流を絶った禊(みそ)ぎの日々。侍従団や衣装役を担う限られた人達の前にしか姿を見せていないというお話。

勿論、トエ様が適当に作ったお話だけれど、人々が疑う様子はないらしい。

元々、巫女としての属性が強い宮姫達は、私に限らず人前に出ることは少ないらしいのだ。実際、支持者の方々がお城に謁見に来ても、私は薄綾の向こうで畏まっていたりして、直接顔を合わせることは少なかった。

その一方では、三宮と四宮、夏目と鼓が共謀して軍を集めているという不穏な風聞が歌仙全体を占めていた。

歌仙に一番近い二つの都市は、もっとも豊かな東和中央を本来は狙っている。そのため、後方に位置する七宮歌仙を早めに叩(たた)いておきたいというのが、噂の内容だ。

本当だと、トエ様は教えてくれた。

「僕らも最終的には東和中心の神撰辺りを支配下に治めたい。そうすれば、途中の三宮夏目、四宮鼓、五宮暮瀬、六宮蒔瀬とは敵対するのが避けがたい」

遠くの二宮鈴真以外は敵にするのが、トエ様の語る私達の現実だった。

ここの地理的条件では、私達と四宮鼓都市、三宮夏目都市は、早い時期に互いに競り合うしかないらしい。

お姫様で言えば、一番近くの四宮鼓の琥珀姫。それに三宮夏目の常磐姫が私達の当面のお相手になる。

琥珀姫は七姫の中で最も美しく、常磐姫は七姫の中で最も苛烈だと聞く。

どうやら、いきなり大物相手らしい。

もっとも、その前に歌仙内部での権力争いがあるようだけれど、それはトエ様のお仕事のようだ。歌仙の実力者達は紛争状態になる前に、遠すぎる七宮城から都市へと私を移し、戦力の一本化を図りたいと考え始めている。

　そこに、私達のつけ込む隙があるというのが、トエ様の狙いらしい。

「戦争というのはね、長い目でやるなら先手必勝じゃないんだよ。先に手を出させれば、相手は加害者、自分等は被害者。正当防衛に持ち込むのは基本だよ」

「ずるいんですね」

　そう呟くと
「そうだよ。だから、やらずに勝てるなら一番ありがたい。テンは戦働き出来ないと残念がるだろうがね」

　トエ様は笑った。

「政治も商いも似たような駆け引きさ。ずるい分、批判や攻撃を受ける悪役を、きちんとやってみせるのが大人の仕事だね」

　そんなことを口にしていても、この人はどこか楽しそうだった。

　基本的に悪役好みなのだろう。

　何れにしろ、どこかで何かしらが争っていて、それが都市同士の大きな抗争になると、他のあらゆる物事に影を落とす。

　私としては僻地とはいえ七宮城には愛着もあるし、周辺村落を犠牲にしたくない。だから、都市利権の話なのだから、それぞれの都市間だけで何とかした方がいいとは思う。

かといえ、都市には人も多いから、その分悪くした時の被害も大きいらしい。

付き合いこそ無いけれど、行き交う街の人々の生活は大事にしたく思える。

また、都市が持つ商業組合が戦火で潰れれば、村落の生活基盤も危ういのだそうだ。

貨幣収入などが成り立たなくなる。

複雑な話らしい。

退けば、歌仙は大都市に搾取される衛星都市になりさがるのだろうから。それは庶民の暮らしを長く苦しめるとも聞く。一度、足を止められた都市は、よほどのことがない限り、一世代分は安定や繁栄に影が落ちるとも言われている。

私だって、小さな頃、施設にいたのは当時の不景気のためらしい。小さかったから、詳しくは知らないけれど。今も、それほど経済状況は好転していないそうだ。それはそれで、多くの人が苦しむのだと、ある程度、身をもって知っている。

どう転んでも、誰かや何かが傷を負う。

丸く収まる道は、どうも無いらしいと、何となく判ったような気がする。

そんな重たい胸の内に反して、私の下働きは本格的になり、誰一人疑いを持たない日々が続いていた。

何冊もある帳簿の入った鞄袋(かばんぶくろ)を抱えて、相も変わらず、嘘ばかりついているトエ様の後ろをてくてく、てくてく。

何だか、これが本来の私達の関係のような気がしてきた。

どうも慣れちゃうらしい。私は。

人々の間では、空澄姫は七宮城で健在となっているのだから、貧相な格好の子供に誰も興味を持たない毎日が続く。

私自身も、今頃、七宮城には別の女の子が迎えられているのではという気がしたりする。

それもいいかと、たまに思う。仕事着も身体に馴染むようになっていたから。

トエ様にしても、特に何も言わないで、自分の仕事に打ち込んでいた。

「米と麦の相場が変動……」

トエ様は伝書鳩の手紙に思案し、何らかの騒乱が起きると予感している様子だった。

忙しなく、資産の運用を繰り広げている。

そんな忙しさの中で、私はほとんど別行動は取らなかったし、取れなかった。

黒衣の女性に会えることもなく、それどころか、ヒカゲさんとさえ会わなかった。

それが、今日になって、ようやく、自由な時間が出来た。

午前を利用して、あの高台に向かい、少し寛いで、それから、午後からは祭祀の中心地である玉水府に向かった。

歌仙は舗装路がしっかりした都市で、乗り合い馬車も整備されていた。北門付近から中央まで、一日に六往復もある。便利な話。

「見る物を見たら帰りは早くね」

そう言って見送ったトエ様は、その立場故、非公式に府へ訪れるわけには行かないらしい。そんなことで、保護者同伴とばかりに、十人ほどの人数が乗る屋根付きの乗り合い馬車に、ヒカゲさんと二人小さく座る私。

「久しぶりですね」

隣に座るヒカゲさんだけど、返事は無く、流れる街並みに目を向けて、私の方を向くこともない。

その姿は、同じ衣を沢山持っているのか、何度会っても同じような格好だ。

灰色の髪の下、その表情も以前と変わらない。

私の方は動きやすいけど角張った毎日の仕事着から、柔らかな町娘さん風の衣装に着替えていて、それが、どう見えるのか訊いてみたかったのだけれど、どうもそういうことには興味が無い様子だった。

仕方なく、風景に気を取られる振りをして、見慣れない街と人を観察したりする。

緩やかな蹄の音。軽い轍の響きが、弱く流れる風に乗る。

取り巻いて流れて行く人の群は、昼の街を賑やかに彩っていた。

歌仙は周辺村落の林業と農耕、それに都市部の紙商で成り立つ地方だ。

それ故に、他の都市より素朴な印象があるのだという。
二十万人の人口は東和では多い方だ。大方の都市の人口は十万前後だというから。
もっとも、最大都市神撰の公称百万人には遠いけれど。
さらに中原には億を数える人が居るとも言うが、正直、私には歌仙の人の多ささえ、
本当はどの程度か理解しきれていない。
記憶にある、祭祀の高台で振り返った人の列。あの圧倒さだけだった。だから、何処
まで行っても人の行き交いが消えない馬車からの風景が、少しだけ都市生活という物を
実感をさせてくれた。
それぞれに手に職を持ち、それぞれに違う生活がある様子。
多様さが変化を生む都市の豊かさ。
上手く自分では言い表せないけれど、ぼんやりとトエ様受け売りの言葉を考えた。
嘘つきだから、あの人達。
ちょっと、そんなことを思う。
戦争なんてと思う。ここから見える人々も豊かなのだから。
また何か騙されているような気がする。
きっとそうだと思うし、その方がいい。騙されるのには慣れてるから。
街を見て、人を見て、そんなことを思う。

乗り合い馬車が、馬の気まぐれで止まる時間。手すりに両腕と顎を乗せ、空を眺める。

高夏の空は、まだ夏空。雲が白く、そして北から南へ、遠く遠くへと走る。

風は秋の匂い。数日もすれば早風の九月。蝉の声も遠くなりつつある。

「過ごしやすくなったね」

「ああ」

ヒカゲさんも、ちょっとだけ、私に合わせて空を眺めてくれる。

今日、初めて返事が貰(もら)えて、何か嬉しくなる。

それから、途中、二度ほどの休憩と乗り換えに、広場でヒカゲさんと間食する。

賑わう露店から、甘いトウキビを買ってきて、二人で齧(かじ)る。

好きに味付けさせてくれるから、何だか楽しい。

私は塩茹(しおゆ)で、ヒカゲさんは砂糖茹で。

「おいしい」

多分、今朝、取れたて。トウキビは大好きだけど、お姫様をやっていると普段かぶりつけない。だから、毎年夏になると、これ見よがしでテン様が食べ歩く。

だからこそ、今の内に味わおうと、思いっきりかぶりつく。

幸い、今、私と一緒にいる人は、大変、寡黙だから、恥ずかしい真似をしても黙っていてくれそうなのだ。

ちらっと、横目を向けて、相変わらずの表情に安心する。

隣り合って食べるヒカゲさんも、無表情は代わらないけれど、食べる姿は自然体だった。

訊いてみる。

「甘いの好きなの？」

「好き嫌いは無い」

「へえ、偉いんだね。私、酸っぱいのが駄目なの」

「……俺も好きじゃない」

「はは、本当は一緒なんだ」

かみ合わない会話も、何だか慣れると気にならない。

「ねえ、この格好どう思う？」

だから、袖を広げたりして訊いてみたりする。

「子供服」

「あー、ひどいなぁ」

全然、悪気がないから怒るに怒れない。割と好きな格好だったのに。

そんなことをしている内に
「ヒカゲでいい」

先に食べ終わったヒカゲさんがそう呟いた。

「呼び方のこと？」

「……」

「ヒカゲさん？」

「ヒカゲでいい」

「えーと……」

「……」

「ヒカゲ……さん？」

「……」

「えーと、ヒカゲ……行きましょうか？」

恐る恐る呼び捨てにすると、ようやく、頷いてくれる。

気がつくと、こうした不器用な会話が心地良かった。

きっと、テン様やトエ様の嘘つきぶりと反対なので、それが、私には新鮮だったりして、ありがたいのだと思う。

「何ですか、これ？」

府中、玉水府周辺の市街に降り立つと、そこは便乗商売の巣窟だった。

「こ、これが、空澄姫ですか？」

「そうだよ。お嬢ちゃん。すごい別嬪(べっぴん)さんだろう？　わざわざ、宮姫専属の絵描きが描き下ろしてくださったんだ」

土産店のおじさんは、にこやかに商品見本を渡してくれた。

絵巻物に極彩色で描かれた美貌の姫君は、絶対私と関係ないと思う。

第一、専属の絵描きさんなんていないはずだけれど。

「全三十七巻。続刊も予定されてるし、これは内密の話だが、姫殿下ご入城の噂もあって、大判絵巻の制作も始まってる。姫殿下様々さ」

予約特典もあるという話に、頭が痛くなる。

他にも姫殿下羽織とか、姫殿下団扇(うちわ)とか、姫殿下護符だの、姫殿下菓子まである。そこら中に、土産物屋がひしめいている。

しかも、結構な繁盛のようだった。

特に若い男性が大量に買い込んで行くのは、ちょっと恐かった。

こんなの何にするのだろうか。

「どうしよう。こんなに美化されてたら、入城なんてできないよ」

ヒカゲさんに情けない声で同意を求める。

返事はなく、ヒカゲさんは不思議そうに絵巻と私を見比べていた。

そんなに不思議そうに見なくてもいいのに。

店のおじさんにお話を訊くと、どうやら、どこのお姫様にも、こうした取り巻き商売があるらしい。

それで少し安心したら、ここは特に盛況な都市だと言われて、肩を落としたくなった。

実はテン様とトエ様が、この商売の上前を資金源にしていると私が知ったのは、いつの間にか、姫殿下お守りなる物を買わされた後だった。


玉水府の階段の途中でも泣きたくなった。

ここは元々小山だったのだろう。九十九段なんて、まともな高さじゃない。

ヒカゲさんは何も言わず、二段ほど上で立ち止まっている。

「こんなの御輿担いだ大人って変」

三年近く前のことを今更ながらに呆れる。

あの時は、緊張で自分のことしか考えてなかったのだ。

だが、他の都市には、もっと長い階段があるというから気が遠くなる。府中に住めなくて良かったと思う。

しかし、今度、私はここら辺に引っ越す予定なのだ。

「ヒカゲさんは、細いのに鍛えてあるんだね」

そう言うと
「ヒカゲ」

「うん、ヒカゲですね」

無表情で訂正される。

私は、階段の途中で階下へ目をやる。

長い石段を、参詣の人が結構行き交う。

府中の祭祀は祖霊を自然霊と奉るという。

それほど、教義がしっかりしているわけでなく、自然と人の生の積み重ねに感謝しなさいと言う話なのだそうだ。

トエ様が教えてくれたことだから間違いないと思うけれど、あの人は簡略化が激しい人なので、迂闊に信じると困ることがあったりする。

七姫の中には宗教組織に関わる者もいるというけれど、ほとんどが、この民話的な世界観を背負っているのだそうだ。

「積み重ねか」

呟く。

階段の下に広がる家々の連なりと、遠くの街の切れ間を目に焼き付ける。

そうすれば、人の目で捉えきれなくなるだろう、すそ野の広がりは遠くなる。街は大きくなる。

「だから、階段好きなんだね。この地の人って」

少し先に立つ、ヒカゲさんを見上げる。

「……」

返事はないけれど、振り返る無表情のどこかが、何だか好意的に見えた。

それから、頑張って登りきると、神僧達の奉ずる玉水府の本殿が正面に見える広場へ辿り着く。

玉水府本殿は、それほど大きな建物ではなかった。建物は実用より装飾性が強く、神僧の方々も通いで、そこに暮らしているわけではない。府中は、この高台の周囲をも指し、そこに、神僧の修行場、生活の場があり、その一角に私達の住む屋敷が造られると言う。

本殿に参じて、繊細な古式礼を行うと、周りから変な目で見られた。私がやったのは正式な物で、一般では略式でいいのだそうだ。

そんなことは、知らなかったから、ただの女の子の時で良かったとヒカゲさんに言うと

「宮姫は古式が義務だ」

言われたらそうだった。

それから、高台の端を囲う木の柵に手をやり、順番に周囲の遠景近景を探る。

ここならば、まだ都市の全景がぎりぎりで見られる遠景。それでも、遠くには白んだ気配が漂うけれど。

そして
「あれね」

近景、高台のすそ野に建設途中の建物を見つける。

薄い朱色の建物で、歌仙の一般建築の切妻ではなく、古式風の台形の屋根が見下ろせた。

大きさはトエ様の宿屋敷くらい。

城ではなく、機能的なお屋敷という印象。そこかしこに、雅やかな祭祀風の造りも含んでいるようだけど、華やかさは無いように思える。

「中、出来てるのかな？」

外観はほとんど出来ているように見えた。

最悪、未完成でも住むことになるだろう。

トエ様はあまり気にしないだろうし、テン様は都市郊外の軍駐屯地の方に動くだろう。

ヒカゲさんは答えなくて、私の傍らで周囲を警戒していた。

木槌を叩く音や、金具が擦られる音。耳を澄ませば大工仕事がよく聞こえてくる。

地上の人のざわめき、頭上の木々では鳥のさえずり。

長閑な光景。

長いこと私はその光景を眺め、ヒカゲさんも何も言わないでそのままでいた。

独り言のように呟く。

「ヒカゲさ……ヒカゲは、あそこにもついて来てくれる？」

「二年前、トエ様にあんたの護衛役を仰せつかった。俺は解雇されない限り、どこまでもあんたを護る」

「あはは」

乾いた笑い声を上げる私。

「解雇なんてあり得ないよ。トエ様、よほど気に入っていないと、私付きの役なんて与えないから」

実直そうな彼が解雇されるなら、私の方が先でも不思議ではない。

「じゃあ、この二年間は鍛えてたんだね。ずっと、姿見無かったし」

だから、丈夫だし、特技があるのだろう。もしかしたら、テン様に武術も叩き込まれているかも知れない。流石に、私は武術は教えられなかったけれど、テン様はあれでも名の知れた武人なのだ。

ヒカゲさんは答えないで、広場を見渡す。

私も、身を翻し広場に視界を戻した。

広場には一般参拝者のまばらな姿と、餌にありつこうとする荒れ地の鳥の群。

荒れ地の鳥は、胸に膨らみがある形をしていた。動作の遅い鳥。厳しい自然の生存競争下より、人の営みにとけ込んでの生息をする。

私が三年前、儀式をした広場中央にも鳥の群。よほど近寄らないと、彼等は人から離れない。

平和な光景。

そう思っていると、変わった人影が現れた。

広場の中央に立ち、黒い長衣(ながぎぬ)を緩やかに纏った人影。

「あの人？」

黒帽子の下、覚えのある横顔が、穏やかな正午の陽ざしを受けていた。

長い黒髪を背に広げ、本殿の方を向いている。

すうっと、右の足が前に出される。すり足で引き戻される。

間を取った、緩やかな仕草。

黒い裾を翻し、両の手が前に差し出される。

覚えのある動きに、目を見開く。

九歳の私がうろ覚えでやった動き。

少し、形式が違うけれど、契約の礼。

「ヒカゲ？　あれは？」

ヒカゲさんの沈黙は、いつもと違った。質問の意味が判らないと私を見ている。

彼の知識の範囲ではないのだろう。

私は、その間も視線を動かせなかった。

優雅な、自然体で成される動きは、私よりも、私についた神僧の指導者よりも確かな物。

綺麗な口が微かに動く。

口の動きを合わせてみて、多分、契約の言葉だと感じる。

最後の段階まで進もうとした時、ふと、長い髪が風に乱れて、その人の視線が外れた。

その目が私を見た。

一瞬の沈黙。それから、彼女はゆっくりと髪を直し、肩を落として私の方を向いた。

微笑（ほほえ）んで小首を傾げる。

知っている上品で、端正な容貌。

あの夕焼けで出会った、あの黒衣の女性だった。

「今のは？」

並んで木陰で休み、私は彼女に訊いた。

ヒカゲさんは離れた所で景色を見ている。

「空澄姫です」

品良く彼女は微笑んだ。

黒髪が淡く揺れる黒帽子の向こうで、遠景の街並みが、浅秋（あさあき）の風に浮かんでいる。

黒衣は夏の物より幾らか厚手で、生地と同じ色合いの刺繍は竜胆（りんどう）だった。

「何年か前、ここで儀式した方。真似をしてみたんです。舞踊とかに通じると思いましてね。ご存じですか？」

「人並みには……」

曖昧に応じる。

彼女の動きはごく短い物だった。神僧も一般の人も、それほど気づかなかったようだから、私も気づかなかった振りをしないといけない。

「綺麗でしたよ」

率直な、罪の無い言葉を選ぶ。

「良かった。不敬ではと睨(にら)まれたのではないか心配しました」

彼女は静かに微笑んでくれる。

木立からの落葉が、彼女の鍔広(つばびろ)の黒帽子に降り、私がそれを取ると、彼女が私の肩に乗った別の一葉を取ってくれる。

お互いの動きが重なり、指先が触れ合う。

くすっと、彼女が行き違いを笑い、私もつられる。そのまま、二人、あの夕暮れに戻ったように笑い合う。

細い素直な指と、私の指が絡み合って遊ぶ。

「お会い出来て良かった」

「私もです」

彼女の言葉に私も大きく頷く。

「クロハと申します。貴女は？」

訊かれて困る。こちらでは姫付きとか見習いとか役職で呼ばれたりしていて、偽名といえば、あれしか考えていなかった。

「……カラカラです」

こんな時にひどい名前。頭に浮かぶテン様の笑顔がいつにも増して憎らしい。

「カラと呼んでください」

せめて、これにしておきたい。

「可愛らしいお名前ですね」

ひっそりとした心づかいが胸に痛い。

「クロハさんは、この辺りの方ですか？」

話題を変えようと訊いてみる。

「いいえ、旅行者ですの」

服装からして明らかに違うから、やはりと思う。発音にも、この地方の訛りが見えない。

「ああ、同じですね。私は家の都合次第で、この辺りに住むかも知れませんが」

出来るだけ、嘘にならないように本当のことを言う。

「歌仙は程良いところです。宮都市の中で一番素朴です」

宮都市の中で一番田舎と言われている気もするけれど、他の小さな都市群から見れば都会であり、世間からは程良く親しまれているらしい。

「そうですね。こんな物を売っているくらいですから」

私は懐から紙細工の箱を取り出し、左の手のひらに広げてみた。

厚紙の折り紙の中から、透明な玉が一つ。

青色の文様が、螺旋風に閉じこめられた玻璃の玉。

透明な硝子を、俗に水硝子と呼ぶ地方があるから、彼女はそう言った。そ
トエ様辺りが硝子造りを広めようと、何やら私の名前にこじつけをしたのだろう。そ
んな姫殿下お守りを眺めたクロハさんは、微笑ましいという顔をした。

「四宮鼓でも琥珀の装身具が好まれています。ですが、こうした蜻蛉玉の方が求めやす
くて良いと思いますよ」

「何か脆そうですけどね。ちょっと、安っぽいかも知れないし」

「その代わり、細工しやすく、豊かな表情がある物ですよ」

そんな風に言ってもらえると、何だか嬉しい。

「鼓からいらしたのですか？」

はにかんで訊いてみる。

「半月ほど前に、あちらから参りました。大きな川の畔に栄えた街ですから、賑やかで
力のある土地でした」

歌仙はあまり水の便が良くないから、その辺が羨ましく思える。

「あちらのお姫様は人々に慕われているのでしょうか？」

「ええ、空澄姫と同様に」

はて、空澄姫は、あまり慕われていない気がするのだけれど。

解釈に迷っていると、クロハさんがくすくすと笑った。

つられて、私も照れ笑いする。

そんな会話をしていると、遠くで時司（ときづかさ）の鐘が鳴り始める。

耳に優しい響きの鐘の音を聞きながら、並んで、高台からの景色に目をやる。

「そう言えば、あの屋敷は空澄姫の新居だそうですね」

この木立の根元からも、あの建設中の仮宮が目に入る。お昼時なのだろう。鐘の音に合わせて、作業の音が消えている。

「え、ええ、立派そうですね。そんな話しもありますね」

一度応じてから、公式発表はまだ無いはずだと取り繕う。

「でも、空澄姫は七宮城を出てくるべきではないでしょうね」

社殿の屋根を見下ろす横顔に、生真面目な表情が出た。

「どうしてでしょうか？」

何か恐い噂でもあるのかと、不安を抑えて聞き返す。

「姫は知りません。七宮の中で一番、世俗を離れることが出来ていた方ですから」

「何をです？」

「利権の象徴をする過酷さです。ご覧なさい。刻限です」

彼女が促したのは、仮宮を見下ろす方向。

何事だろうかと、台形の屋根を見ていると。

轟音が起きた。

仮宮から。

揺れる大気。背後で鳥達が飛散して行く羽ばたきと鳴き声の喧噪。

震動を呼ぶくぐもった音が、窓枠の部分を突き破り、台形屋根を陥落させるのが目に映る。整っていた台形の半ばに歪な亀裂が走り、そこから黒煙が上がる。

息が、止まる。

何、火事？

「火薬です」

答えがあった。すぐ、私の耳元で。

「離れろ！」

人々の物々しいざわめき、建物の倒壊音に被さるのは、初めて聞く少年の鋭さ。

クロハさんの居た位置に、抜き放たれた小刀の一筋。

陽光弾く一閃。

砂塵を起こす灰色の人影が、私達を裂く。

信じられないヒカゲさんの早技。そして、それを予測していたのだろう黒衣が見せた回避の速さ。

鍔広の帽子が縁に鋭利な切り込みを受け、宙に舞った。

落葉に混じり、へたり混む私の膝頭にそれが舞い降りる。

クロハさんの位置には、別の黒衣が立ち、灰色の背中に隠していた小刀を構えている。

そして、木立の向こうには、半身を隠して立つ純粋無垢な黒衣。それは長い黒髪を秋風に靡かせていた。

影が広がるような光景。

落とす影の先には、黒煙を上げる仮宮の光景。

だけど、それよりも、私の目に映るのは変わらぬ微笑み。

「クロハさん？」

名前を呼ぶ声が震えた。

彼女は、何事もなかったように小首を傾げて微笑んでいた。

束ねていない黒髪の広がりは深く、彼女の背後で陽ざしを飲み込んでいた。

「カラさん。お気づきでしょうが、私は貴女と敵対する者です」

優しい声。相変わらず。

だけれど、笑顔が静かに消えて行く。

「嘘……」

「あちらでは、亡くなられた方もおられるでしょうね」

ヒカゲさんとの距離を取りつつ、彼女は下方に面差しを向け、穏やかに告げた。

私は震えながら、黒煙の匂いを感じ取り、仮宮へと、もう一度、目をやる。

黒煙の中に、火勢が見え、そして、逃げまどう大工さんや職人さん達。

怒声や悲鳴。

中から怪我人(けがにん)が逃げてくる。そして、逃げ出す間もない人達もいるのだと理解できる。

辺り一帯、人々が不意の事態に騒然とする様子が感じ取れる。

人々がそちらへと殺到して行く中、取り残されるように向き合う私達。

背中と首筋に、冷たい汗が流れる。

「……貴女がなされたのですか？」

恐る恐る、彼女に視線を戻す。

いつからか、彼女も私を見つめていた。

「ここだけではありませんよ。七宮城には今頃、三宮夏目の手勢五千が強襲しているでしょう。常磐姫は戦力は惜しまない方です。そして、協力関係にある四宮は、歌仙に同時侵攻を仕掛けました。一つはこれ、一つはトエル・タウ」

息を呑む。

トエ様の宿屋敷。

あそこには大した警備はない。軍隊どころか、強盗団相手ぐらいがやっとだ。もし、爆発物や火矢を受けたら。

「斬る」

ヒカゲさんが動く。

彼の足の筋肉が動き出す瞬間。

とん。

動きが止まった。

小さな音に。

私の足下。転がった硝子玉の傍らに、小さな刃物が刺さっていた。

槍の穂先を細く鋭くして、柄をつけたような小さな刃物。

黒塗りの刃。

クロハさんの手から放たれた短剣。

胸元に寄せる、その手に三本、同じ物が握られている。

「毒です」

お判りですねと、微笑む黒影。

灰色の背中は何も言わない。

ヒカゲさんのあの動きなら避けられるのかも知れない。でも、彼が避けたら、背後で固まっている私が無防備になる。

「練習はしましたが、得意ではありません。当たるかも知れません」

少年の肩越しに、屈託のない笑顔。

身動き出来ない私達に、いや、私に視線を向け、彼女は目を細めた。

「お逃げなさい。私は貴女達に、偶然、出会いました。幸せな偶然です」

淡々と、冷静な声が告げる。

「貴女が七の宮姫であると報せてはありません。常磐を筆頭に、多くは貴女が城にいると思っています。たとえ、路頭に迷っても、二人でなら生きても行けるでしょう」

少し沈黙して
「カラさん。貴女は普通に生きて行く方が幸せになれます」

もう表情はなかったけれど、声色が優しかった。

すうっと、木立から黒衣が離れ始める。

「待って！　貴女、貴女まさか？」

一般の人達の狂騒に紛れる黒衣。

消える寸前、こちらに向いた顔が口を動かした。

さよなら。そう言っていた。

そして、背を向けて階段へと消えてゆく黒髪。

竦んだ足に力が無く、立ち直れないまま見送る私。

ぼう然とする私の前では、背中の鞘（さや）に小刀をしまうヒカゲさん。

その無表情が、いつもより厳しい。

「戻るか？」

訊かれたが、即答できなかった。

「歌仙に侵攻は四宮の手勢？　……なら、七姫で最も美しいと呼ばれる四宮は……鼓の琥珀姫？」

私は、それだけを小さく呟いて、鍔裾に切れ目の入った黒帽子を両手に引き寄せる。

しっかり握りしめようとして、ほんの少し前、指が絡んだ感触を思い出す。温もりが忘れられないで、五指が力を失う。

体の真ん中から、何だか変になっていた。

五節　名無月（ななしづき）　十月

トエ様の宿屋敷は、流石に爆発物には遭わなかった。

その代わり、民間人を装った武装集団に火攻めを受け、一昼夜、焼け続けた。

それらは四宮の配下だとは名乗らず、偽姫を掲げる悪を糾弾する過激派を名乗った。

仮宮爆破もそうだ。

だけれど、火薬の管理は各政権厳しく、簡単には手が入らない。どこかの都市の作為があるのは、多少の理解があれば気づくことだと思う。

多様な噂が流れ、その内の何割かは加害者側の作為による物だと私にでも判る。

幾つかは、もっともらしかった。

大きく迂回（うかい）進路を取って、七宮城を襲撃した常磐姫一派の工作だというのが最も多い。

彼女は他の姫に対して、一番、攻撃的で、最弱ともいえる七宮から潰しに掛かった。

あるいは、悪名高いテン・フオウ将軍の野心を警戒したという話だ。

次に有力なのは、四宮鼓の裏工作。鼓都市は距離的に一番近い。歌仙は七宮を失えば四宮に従属するのが適当。

　常磐姫の動きと結託。あるいは便乗である。

　私の知る限り、これが一番、真実に近い。

　でも、それらに確かな証拠は無いし、あっても騒然とした状況下だ。それぞれの噂が尾を引いて、どんどん増えていた。

　それらの中でひどいのは、トエ様とテン様の不仲説だった。行方知れずになっているテン様が主導権を争い、トエ様を抹殺しようとしたとの噂。この話には類例が沢山あり、私を巡る愛憎の縺(もつ)れというのもあったりした。

　もっとひどいのは、貴族の奥様方の間でウワサされる、トエ様とテン様の、特別な関係のもつれとかだったりする。

　街のあらこちらから耳に届く流言飛語は止まることなく増えていた。


　そして、私はあの日以来、トエ様もテン様も見つけられなかった。

　詠み名、異称は暦より、季節の移ろいを意識した使われ方をする。

だから、暦の上では八月でも、秋風が強くなり、夏惜しむようになれば、もう早風と人は口にし始める。

九月は秋だ。東和は北よりの土地だから、南方のような残夏の匂いは淡い。

僅かな高夏の気配が微睡む夕闇。

秋の宵は肌寒くて辛いから、過ごしやすい夏の宵が、今しばらく続いてくれるようにと、ぼんやりと願う。

夕焼けの高台から見下ろす焼け跡。

柱が数本、残っているだけのトエ様の宿屋敷跡だ。

一軒だけ、別格で建てられた屋敷故、隣近所の家屋と離れており、飛び火の被害は少なかった。

今思えば、それを見越しての火攻めだったのかも知れない。

黒衣の影と二人、長椅子に座り、その様子を眺める。茜色と影色の光景を。

今度の黒衣は灰色混じりの少年で、向いている方角も陽の昇る方だったけれど。

あれから、二日経った。

聞くところによると、焼け跡に死体はなかった。

残らなかったのかも知れない。

宿屋敷を包囲した集団は、一般人は脱出を許したのだ。残されたのは三階に一人居たトエ様だけだという。それも、加害者側の声明で、どこまで信じていいかは判別できない。

テン様は、以前から行方不明だ。

もしかしたら、五千の兵に攻め立てられている七宮城の中に立てこもっているのかも知れない。でも、その方面からの情報は完全に遮断されている。

召集すればこちらも五千の兵力。そうは聞いていたが、召集する二人が共に不明ではどうしようもなかった。

警戒していたから、城内には五百の兵が臨時召集されていたはずだが、十倍の兵力が相手だという。城攻めには三倍の兵力が必要。その程度の基礎は聞いたことがあるから、いつ陥落の報が届いても不思議ではないと思う。

「化かされちゃった」

力無い呟きを、ヒカゲさんが隣で聞いてくれる。

「テン様達に聞いているかも知れないけれど、私、血筋なんてはっきりしないの」

ヒカゲさんになら、話してもいいと思った。

もしかしたら、この事実は、もう私一人しか知らないことになってしまったかもしれない。心細くなる。

「お姫様の役をやって、三人で頑張って高いところに行こうって、約束したの」

三年前のことが、何か、一月くらい前の出来事に思える。

「演じていたの、ずっと、お姫様」

目を閉じて、七宮城での日々を思い出す。

見上げる背中を追いかけていた毎日。

「でも、あの人の方が、もっと演じていたの。恐いお姫様を」

黒衣の面影。クロハさん。

優しいお姉さんと、冷たいお姫様を使い分ける女性。端正で鋭い人。

「勝てないよ……あんなの」

泣き言だけど、他に何も思い浮かばない。

手も足も出なかった。もしかしたら、残りの六人の宮姫は、揃ってあれくらいなのかも知れない。

「俺が居る」

短い回答。

「必要なら暗殺してみせる」

彼になら出来るかも知れない。だけど、私はあの人を殺したいと思わなかった。

嫌いじゃなかった。好きだった。

多分、テン様やトエ様のひどい遺体でも見ないと、私には憎むこともできない。あれらの事態が、あの人の指揮ならば、市民にも被害が出たというのにだ。まだ軍隊を動かす常磐姫の方が憎みやすかった。

返事が出来ずに、沈黙する私。

「トエ様は逃げ上手だ」

夕日に背を向けているから、陰になってお互いの表情は見えないけれど、私の気弱さをヒカゲさんは知っているのだろう。

だから、いつもより、口数が多い。

もしかしたら、テン様やトエ様が口数が多い人だから、いつもは遠慮していたのかも知れない。

「食え」

「うん」

何処から仕入れたのか、トウキビを差し出すヒカゲさん。

気づかってくれている。元気を出さないといけないと思い、大きく頷いてかぶりつく。

「あ、甘い⁈」

驚くほど甘い。甘すぎてトウキビの味がしないような気がする。

「何これ？」

「トウキビ」

返事は簡素だ。

「俺が茹でた」

もしかして……。

「あのう、もしかして、さ……お砂糖水で茹でたのかな？　それも沢山のお砂糖で」

頷いて、かぶりつくヒカゲ。

かぶりついて、咀嚼（そしゃく）しないで止まる。

どうするのかと見ていたら、気にしないで食べ始めた。

「少し甘すぎた」

少しじゃないと思う。

これは小さい子用の味付けだと、知っているのか知らないのか。

でも、まだ温かかった。

「そうだね」

私も食べ始める。

二人して、とっても甘いトウキビを、夕日が落ちるまで食べ続けた。

今度は焼こうとか、塩味にしようと話しながら。

三日目の朝が来た。

私達二人は北門周辺の朝市に出た。

着の身着のままの生活の中、三日目にして歌仙での騒乱は沈静化していた。

目立たないように人混みに紛れる。

行き交う人々は、普段より多い気がした。

表面的なだけかもしれないけれど、変わりない生活を続ける市井。

いつ三宮と四宮の侵攻が来るか判らなくても、ご飯を食べて人が生きて行くことに変わりない。だから、市場には毎日と変わらないように食べ物の匂いが混じり合っていた。

私達は建ち並ぶ露店の軒先で、人混みに紛れて、今日の食べ物を買い込む。

「ほら、四つでこんだけ。もっと買っておきな。この時期この価は安いんだよ」

恰幅(かっぷく)豊かな野菜市場の奥さんに、林檎(りんご)を手渡される私。

横から買い物袋に詰め込むヒカゲさん。

お代を払う私に
「お嬢ちゃん。食い物は日持ちする物を今の内に買い込んでおきなよ。これから、どうなるか判らないからね」

市場の奥さんが親切に教えてくれた。

「食べ物、入らなくなるんですか？」

戦争が迫るとは、そうした事態だろうとか不安に訊いてみる。

「そんな滅多なこと言うもんじゃないよ」

大笑いされる。

「タウ・トエがいなくなったんだ。物価が跳ね上がるかも知れないさ」

タウ・トエはトエル・タウの蔑称だ。

トエ様は市井の方には好かれていないらしいから、そんな言葉遊びが起きるらしい。

この三日間で初めて耳にした。

身近な人の蔑称を訊かされるのは不愉快だけれど、トエ様という呼び方自体は、私とヒカゲさんの特権だと確認できる嬉しさもある。

元々は、テン様が勝手に人の名前を縮めただけなのだけれど。

「あいつも変な男だけどね、いなけれゃいないで困ったもんさ。あいつがいると、金の回りはとにかく良かったからね」

私の文筆頭は、何だか市中では宿六扱いされているらしい。

「左府さん。タウ左大臣さんは、そんなに変な人なんですか？」

私も変な人だと思うけど、外から見ても、やっぱり、変な人に見えるのだろうか気になったりする。

「あの男は、七宮の姫様が物知らずなのをいいことに、したい放題なのさ」

奥さんは七宮をナナミヤと呼ばずに、シチミヤと呼んだ。ちょっとした言い換えが、親しんだ響きをしてもいるし、軽くあしらった気配もする。

「そうなんですか？　テン様の方が勝手気ままだと思ってました」

「テン様？」

「あっ、いいえ、東征将軍さんって、悪い噂多いですよね」

じろっと見られて、たじろいで言葉を濁す。

「いいかい、お嬢ちゃん？」

奥さんは大きな胸を揺らして背筋を正すと、私に講釈し始める。

「あいつの顔がいいからって、あの遊び人に近づいちゃ駄目だよ。何度か姿を見たことがあるけど、あいつはね、この界隈を通る度に、違う女の子連れてるんだからね」

違う方向に勘ぐってくれて助かる。

どうやら、テン様の名を呼び、嬌声（きょうせい）を上げる女性陣は本当に多いらしい。

私には気が知れないけれど。

あの人の側にいると、何をされるか判ったものじゃないのに。きっと、綺麗なお姉さんには優しいのだろう。

「そうそう、タウ・トエの悪さの話だったね。あいつはね、この宮都市の背後にある七葉（ななよう）の座を狙っているのさ」

七葉は七つの都市の商業組合の俗称だ。七葉と呼ばれる巨大組織に、八枝(はっし)の交易路が財界を形成している。

琥珀姫の背後にある志乃其調和党も七葉の一枚。その一つの形態だ。

小都を意味する宮都市という呼び名。それを王都、大都等に昇格させるため、七葉はそれぞれ鎬(しのぎ)を削るのだという。

「ここの一葉は姫殿下を盾にして言いくるめてあるし、いざとなればテン・フオウの武力もある。その上、やり手だからね、あっという間に、この街の不良財政をやりくりしちまった」

「じゃあ、良くなっていた物価が上がるんですね」

どうやら、悪政をしていたわけではないらしいので安心する。

「ああ、仕入れが悪くなっちまうからね。あいつは、あたしんら商売人には優しかったからね」

奥さんは賑わう市場を見渡し
「でもね、ああいう奴は金のある奴と無い奴との差をこしらえちまうのさ。景気が良くなるほどね。今度の戦争だって、もしかしたら、あたしんらやタウ・トエが稼ぎすぎて、金が回らなくなった隣の鼓の商売人達を怒らせちまったかも知れないね」

肩を落として息をついた。

「そうなんですか？」

てっきり、権力争いなだけだと思っていた私には、衝撃的な言葉だった。

「まあ、何事も程々が肝心さ。あたしんらも今度のことで、でかくしすぎた商いに火がついちまうよ。その前に、戦争でも何でも手早く終わってくれないとね」

「そうですね。大変なんですね。皆さん」

私は俯いて頷く。

「まあ、空姫（からひめ）さんにご多難がなければいいけどね。あの二人がいなくなって、あの幸薄い姫さんがお城落ちしたら大変さ」

空姫さんが空澄姫のことだと気づくのに、少し時間が掛かった。

「私、あっ、姫殿下さんが？」

そこまで話が及ぶとは思わなかった。

よほど、この奥さんが話し好きなのか、私が世間知らずなので、心配してくれたかのどちらかだろうと思う。

あるいは両方であったり、お得意を増やす商いの術なのかも知れない。

「あたしも見たんだよ。あの雪の日のお姫様を」

ちょっと声を潜める様子にどきりとする。

「そりゃあ、綺麗なお姫様さ。御輿を降りたところをさ、ほんの一瞬、小さな声を上げる様子を遠巻きに見ただけだけれど、小さな背中に宮の重みを背負っているお姿には、あたしら、居合わせた者は涙したもんさ。お嬢ちゃんも、あんな綺麗なお姫様をみたら感動するさ。お嬢ちゃんは小さかったから見られなかったかい？」

「私は……私もそこに居たんですけど、大勢の人と、それと、静かに降る雪しか覚えてません」

それは残念と、奥さんはしたり顔だ。

そのうち、市場の他の人も話に加わり、私は大勢の人達が、あの日、空澄姫殿下を見たと騒ぐのを、ぼんやりと眺めた。

その間、灰色の少年は何も言わないで、ずっと隣にいてくれた。

市場や街を彷徨(さまよ)えば、幾らかの情報は得られたが、嬉しい話は特になかった。

トエ様は火付けから逃げたという話しもあるが、財産と運命を共にしたという説も強く、テン様は逃亡して、地方豪族の家に身を寄せているというのがもっぱらの噂だ。

空澄姫殿下は城を枕に討ち死にする覚悟ではないかと憶測があったり、お優しさ故、配下をむざむざ死なすわけにはいかないと、無血開城での降伏とさえも言われていた

本当は、ここにこうして、そぞろ歩いて放浪しているのだけど、どうやら誰にも気づ

かれていない。それだけが、安心の材料だった。


「うん、トエ様関係の方で誰か知らないかな？　情報屋さんから何か訊けないかな」

私の提案に、ヒカゲさんは少し考えた。

隠れて逃げている方が、トエ様達が機を窺っているとしたら正しいと思う。

でも、そうしている間に七宮のお城が陥落したりしたらと考えると、何かしないといけない気がする。

衣装役さんや侍女の方々、侍従長や衛兵さん。七宮のお城には、良くしてくれた方々がいるのだから。このまま何もしないでいたら、とても恐いことになる気がする。

何かお仕事をしたいのだと思う。

そうしていると、恐いことを考えないで済むような気がする。

「一人知ってる」

ついてこいと、前を行くヒカゲさん。

「物騒なところに住んでいる。離れるな」

そんな次第で、私達が歩く先は、繁華街に隣接する古い居住区だった。

ひどく色褪せた木造の家々は、地震など来たら一溜まりもないし、大火災や戦争の炎にも、あっという間だろう。

道も水たまり跡の窪みが多く、そこかしこに石ころや草むらが点在している。

たまに草に埋もれたあばら屋も見えるほど荒れた区画。

今まで見た都市部の他の家々とは、何十年分も隔たりがあるような空間。

「こういう所、まだいっぱいあるの？」

「世の中は半々だと、テン様は言う」

陽も高いのに、仕事がないのか、ぶらぶらと家の前にたむろする大人達。日に焼けて走る子供達。端居だろうか、軒先で居眠りする老人。

皆、私達を見ると、表情が少し変わる。

その目が少し恐い。

きっと、場違いな、余所者なのだろう。

まだ使い込まれた古着を着ているから、極端には目立たないと思うけれど。

「昼間は滅多に手は出さない。常に大きな道の真ん中にいれば」

夜とかは駄目という意味だろうか。

先を行くヒカゲさんはいつも通りの口調と歩みだけれど、どうしても、私はおっかなびっくりになってしまう。

「追いかけてくるよ」

気がつくと、恐いお兄さん達が五人ほど後方に見え隠れする。

「少し行くと、俺達の行き先が判るから手を引く」

「どうして？」

「縄張りがある。大きな情報屋には、取り巻きや手下がいる」

言葉通り、私達が足を進めれば、舌打ちする様子で彼等は引き返し始める。

代わりに、私達は、より不穏な、荒廃した地域に足を踏み入れてしまったけれど。

崩れかけた家々は幽霊屋敷さながらで、屋根に草木が生えているのが見えたり、苔生していたり。人が住んでいるようには見えなかった。

昼間から羽虫の数も多い。

人影はひどく疎らになり、一瞬見えても、すぐに消えてしまう。

でも、視線や気配をどこかに感じる気がする。

不意に、ヒカゲさんが足を止める。

立ち止まって、砂利敷きがいい加減な道の向こうを見ると、行き止まりだった。

左右に、比較的高い塀があり、その先に一軒だけまともそうな建物がある。

ここらにしては生活感のある古い木造平屋家屋。それが、裏手側を見せているらしい。

目にする建物の裏手付近。屋根を貫く短い煙突からは白い煙が立ち、それから、こちらの壁側、高い位置に見える明かり窓からは湯気が立ち上っている。

どうやら、お風呂場のようだ。しかも、昼間から、長閑に入浴中のご様子。

「こいつはここの窓越しでしか話をしない。この家の門は中からしか開けられないし、客人を招くこともない」

ヒカゲさんは私に視線を向けて、

「あんたは出来れば黙ってろ。隙は見せられない男だ。この通り」

告げ終わると、今来た後方に目をやる。

低い唸(うな)り声が聞こえた。

それと、迫る早い足音。

振り返るより早く、ヒカゲさんが動く。

私の背後に素早い抜き手。

きゃんっと、鳴き声。

「下がってろ」

私の背後へと進み出る灰色の羽織。

それを追いかけて振り向いて、私は声を無くす。

犬がいた。

足が竦む。

唸り声を低く抑えた犬達が、十数匹も。

今来た道一杯に広がって陣取っていた。

牙を剝き、前足を低くして、こちらを睨み付ける凶暴な一群。

ヒカゲさんが喉を叩き伏せたらしい犬が一匹、すぐ私達の側で苦しげに悶えているが、後の犬達は今にも飛びかからんばかりだ。

ようやく、この塀に挟まれた先の窓越しが交渉口だという、不自然な地形の意味を理解した。後方を押さえて、不適当な客を排除するために造られているのだ。

「シゲモリ」

ヒカゲさんが振り返らずに声を上げた。

今、彼が背を向けている窓に向かっての呼びかけ。

「あんたの情報を買いたい」

返事はなかった。

湯は沸かしているが入浴中ではないのか、それとも、話す気がないのか。窓を見上げてみた私にも窺い知れない。

「皆殺しにするぞ」

恐い言葉に、窓枠からヒカゲさんに視線を戻す。

ヒカゲさんは羽織の背中から、彼の小刀を抜きつつあった。

黒塗りの鞘に、方刃の白刃。

「駄目、殺さないで」

口にしてから、護ってもらいながら身勝手だったと、慌てて口を閉じる。

だが、返事は意外で、早かった。

「判った」

抜き掛けた刃を収め、無手で立つ少年の背。

音もなく、その身が前へと進んだ。

先頭の犬達も虚をつかれたようだ。

素早い回し蹴りが、瞬く間に二匹を叩きのめし、甲高い悲鳴を上げさせる。

それが、合図だった。

残りの犬が一斉に吠え、彼に群がる。

「ひぃっ！」

臆病に目を伏せる。

きゃうんっ
悲鳴が聞こえた。

動物達の。

「ヒカゲさん⁉」

慌てて臆病な心を振り切り、目を見開けば
「何?!」

私のすぐ足下に、のたうち回り、鳴き声を上げる獰猛な一匹。

暴れるほどに巻き起こる砂煙に、その全身が巻かれている。

「もっと離れろ」

無条件で声に従い、数歩、行き止まりの窓壁へと後ずさる。それから、視線を走らせれば、犬の半数が凄まじい鳴き声を上げながら地面を転がり回っているのが見えた。

声も出さずに失神したらしい一匹を、残りの群に投げ捨てるヒカゲさん。

動きが速すぎて何がどうなっているのか判らないけれど、群を圧倒する灰色の背中は汚れ一つない。対する犬の群は、威圧されたように包囲しながらも、じりじりと後ずさり始めていた。

「シゲモリ。まだやるのか」

もう一度、振り返らない呼びかけ。だけれど、窓のすぐ下まで寄った私にも、何の応答の気配も感じられない。

代わりに、犬達の群の向こう、前方から
「ハヤナギ、ツグナミ、スズカゼ！」

甲高い声が上がった。

犬達の群の向こうに、塀の上から飛び降りてくる小さな身体。

ぼろぼろの、大人用の帷子（かたびら）に全身を包んだ小さな子供。

「よくもやったな！」

犬達よりも怒気激しく、ヒカゲさんを睨んでくる。犬達から逃げ腰が消えた。

この子が、おそらく犬達の番人だ。

「やれ、ナツシロ！」

子供が指笛を高く吹く。

新たに、子供の後に続いて飛び出してくる斑（まだら）の影。

大型犬。

子供の倍、いや、ヒカゲさんより大きい。

全身を包む赤毛に、胸元には茶褐色の斑。

他の犬が単なる野犬にしか見えないのに、この新たな犬だけは違う。

牙を剝き、口の端から涎（よだれ）を垂らす姿は他と同じ獰猛さだが、他の犬と違って慎重で、
そして力強い。地面を踏みしめる足の太さなど、他の犬の三倍はある。

明らかに、犬達の頭目だ。

じりじりと、間合いを詰めてくる大型犬。

だが、唸り声一つ上げない。猟犬。飛びかかる瞬間だけしか吠えない。

「シゲモリ」

三度目の呼びかけ。

「四度目はないぞ」

何の感情もない淡々とした声。それだから、躊躇いの無さが生む圧迫感。

生き詰まる睨み合いに、私はおろか、犬使いの子供さえ言葉を無くして見守る時間。

間合いが縮まり、大型犬とヒカゲさんが、一触即発に入る瞬間。

「退け」

声がした。

私の背後。頭上。

高い窓の向こうから。

ちゃぽんと、湯の音。

目を剝いたのは子供だった。

ぼさぼさの髪を振り乱して、首を振る。

「お爺(じじ)！　こんな奴ら、ナツシロなら一嚙(ひとか)みだ！」

ヒカゲさんの肩越しに、窓を睨んで声を荒らげる。

「音無しの小僧。今は東征将軍の部下だったかな。用件を訊こう」

子供を無視した声は、老人の声。浴室に反響した音が混じっていた。

「お爺！」

躍起になる子供。

「その男に刀を抜かせるな」

窓の位置は高く、おそらく湯舟につかる身では、こちらの様子は音に聞くだけだろうに、その老人は全てを見ているような指示を出す。

「一緒の娘が止めてなければ、今頃、ナツシロ以外は血の海じゃ。娘さんに感謝しておけ」

「う、うぐっ」

悔しそうに私を見て、首を振る子供。

「音切りと呼ばれる東方の名刀。いかにナツシロとて、相打ち狙いが精一杯だ。判ったら退け」

「行くぞ、ナツシロ！」

老人の言葉が終わるのを遮るように、声を荒らげて道の向こうに走り出す子供。

ナツシロと呼ばれる大型犬も、残りの犬も後に続く。

身動きがすぐに取れなかった犬達も、やがて、仲間を追って消えて行く。

その間、誰も声を出さなかった。

戦いの砂埃（すなぼこり）が収まった頃、灰色の少年が眼差しを上に向ける。

「情報が欲しい」

ヒカゲさんが窓に向かって告げる。

「金は？」

返答は早い。

「なかろう。儂は即金しか信じん。それとも、音切りを質草にするか。それなら、考えてやる」

「音切りは俺の命。拠り所だ。やれん」

ちゃぷんと、湯の音。

「帰れ。たとえ、タウ・トエが相手でも儂は儂のやり方は変えん」

それっきり、声も音も途絶えた。

ヒカゲさんも黙ってしまう。

「あのう、シゲモリさん」

存在を忘れられていた私が、そっと口を挟む。

「あのう、情報屋さんの命は何ですか」

返事はないし、ヒカゲさんも何も言わないで無表情だった。

「情報ですよね。情報の交換もお仕事の内ですよね。こちらの情報を売って、それでお支払いできませんか」

返事を少し待つ。

幾らかの間を持ち、私は肩を落とした。

諦めようかと、傍らの少年に声を掛けようとする頃。

ちゃぷっと、湯の音。

「そうか、お前がタウ・トエが連れて歩いていた娘か」

シゲモリさんの声。

「何者だ。出自が複数あり判らない」

「トエル・タウとはぐれました。あの方の情報と交換でいいですか？」

「行方は判らん。捜索がまだ続いているところからすると、逃亡しているようだ。あの男は隠れ家を複数用意しているからな」

少し安心できる言葉。そして、交渉の成立を知る。

「私はお側付き見習いで、姫殿下の新宮入城前に、歌仙と府中の内情を下見しに送り込まれました。タウ補佐様の指名です」

嘘はついていない。

お側付き見習いは今の役職の名前だし、仕事の内容も本当だ。

ただ下働きらしく見せようと、トエ様の役職を小さく捉えて呼んだりしたけれど。

「出自は？　タウ・トエの隠し子という噂もあるぞ」

「それは嘘です。小さい頃、施設で拾われました。それで、お仕事を貰いました」

「何故、複数の出自の噂がある？」

「あの方々は嘘つきですから」

幸い、私については、これ以上訊かれなかった。ここから先は、はっきりと嘘をつくか、正体をばらすかのどちらかしかない。

上手に言葉を濁せる相手には思えなかったから、助かったと胸を撫で下ろす。

「七宮のお城はどうなっていますか？　姫殿下以下の安否が懸かっています」

テン様は今頃、多勢に無勢で苦戦しているのかも知れない。

「それは二、三日しないと判らない。最重要な情報だ。今は何もない」

それから、シゲモリさんはテン様が手を出している御婦人の名前を訊いてきた。

幸い、何人かは覚えていた。それぞれが、この街の実力者と繋がりがあるようで、テン様が遊んでいただけではないのが知れた。

「今度は、こちらから提供します。新宮になる段取りでした舞所の火災。黒装束、黒帽子の女性が関与していました」

「それは複数の目撃を受けている。裏付け一つ分の価値だな」

私は静かに息をして、胸を落ち着ける。

「彼の人は何者でしょうか」

東和四宮　琥珀姫。

答えを待つ。

「鼓の有力者の館や三宮常磐姫の別宮で姿を見たという情報がある。それ以上は知らんし、見返りの情報が弱すぎる」

「そうですか」

私は、これ以上、有効そうな情報を持っていない。たとえ、まだ聞き出せるとしても、ここまでで手が尽きる。

「テン・フオウとトエル・タウの不仲は本当か？」

楽な質問が振られて安堵する。

「嘘です。あの方々は兄弟みたいな関係です。お互い、相手を弟だと思って兄貴風を吹かせるような方々です」

言葉にしてから、あまりに身近な捉え方を口にしてしまったと気がつく。

「そ、そういうことが、お城の侍女の先輩方の通説です。本当だと思います」

慌てて付け足してから、見返りの情報を求める。

「最後に一つ、私達の逃げ隠れは、どこが適当ですか？」

「四宮が焦らなければ、都市部に紛れるが良かろう。ここらはやめておけ。情報屋は他にもいる。ここで、お主らは目立ち過ぎた」

湯の音がした。湯から出る音と、その場を去る足音と水音。

もう、窓の向こうには誰もいなかった。

顔を合わせて頷いて、私達は引き上げることにした。そこを後にし、元来た道を辿(たど)る。

しばらく来た道を戻ると、見覚えのある人影があった。

大型犬に寄り添う子供。

ふてくされた顔で、私達を睨んで道の真ん中に立っている。

「ん」

私達が目の前まで来ると、私に何かを差し出した。

「何？」

見ると、荒い包装材に包まれた蒸(ふ)かし芋の一種だった。

まだ温かい。

「お姉ちゃんに。お爺の命令」

ヒカゲさんの方は見ようとしないで、私の胸元に突きつける。

「ありがとう。二人で食べるね」

お礼を言うと、突きつけた食料を自分に引き戻す。

「こいつ、犬苛(いじ)めた」

思いっきり、ヒカゲさんを睨み付けて、また私に突きつける。

「俺はいい」

ヒカゲさんはいつもの調子で固辞する。

でも、一人で食べきれそうにはなかった。

どうしようかと思ってから、ふと、ふてくされた子供の顔を見て、一つ気がつく。

「じゃあさ、お姉ちゃんと二人で食べようか？」

目を丸くして、その女の子は頷いた。

「お名前は？」

「ツヅラ」

素直な返事。

「お姉ちゃんはカラって呼ばれてるの」

女の子は不思議そうな顔を一瞬して、それから
「変な名前」

とても素敵な笑顔を見せた。


「こうだよ」

「あれ？　上手く鳴らない」

「下手だね、お姉ちゃん」

草笛を上手く吹けなくて、また笑われてしまう。

「でも、鬼灯(ほおづき)なら鳴らせられるんだよ」

「それぐらい誰だって出来るよ」

小さな河原の土手で、午後の日を浴びながら、二人して並んで座り込む。

ヒカゲさんは少し離れて風草や川面(かわも)を眺め、ナツシロはツヅラという名の飼い主の側で伏せている。

けしかけなければ、大人しい犬のようだったし、この子も怒らせなければいい子だった。生活が懸かっているから、すぐに感情的になったりしたのだと思う
だから、ヒカゲさんも警戒はしてないようで、蜻蛉(かげろう)が行き交う中に佇んでいる。

風草やすすき野の中に立つと、この人は風景に溶け込んでしまう。そんな少年が、気がついたら居なくなっていそうで少し恐くなる。

「お姉ちゃんは、お城勤め？」

「うん、いつも将軍とかに苛められているんだよ」

嘘じゃない。出来るだけ本当のことを話す。

「ねえ、お姫様ってどんな人？」

困った質問をされてしまう。

「そうだね、割と間抜けな人だよ」

正直に答えた。

「そうなの？」

「うん、あんまり役に立たないし、丈夫なのと、大人しいのが取り柄かな」

他に思いつかなかったりする。

聞くところに寄ると、どこかのお姫様は歌って踊れたりするらしいが、正直、私はその道を諦めている。私やトエ様には音曲の才幹が致命的に欠けているのだと、背高な軍人さんに大笑いされているのだ。とても格好悪い思い出。

「綺麗って噂だよ」

「衣装とか、お化粧が綺麗なんだよ」

「そんなこと言ってると、そのうちクビになっちゃうよ」

また笑われる。

どこに行っても、私は笑われるんだな。

「そうだね、気をつけるよ」

お城勤めをしてなかったら、この子と同じような暮らしをしていたのかな。

犬と戯れる子供の笑顔が、何だか切ないぐらい懐かしく感じられた。

やがて、夕闇に色褪せた小径を、私達は歩いていた。

草笛をいつかきちんと教えてと、小さな約束をして、もう何時間も過ぎた。

たまに、赤みを残して薄暗い空を見上げて、はぐれ雲の行方を探す。さっき見つけたはぐれ雲が、遠くの風に流されて、いつの間にか、とても遠かったりする。

そうやって私の足が遅くなると、いつの間にかヒカゲさんが立ち止まって待ってくれていて、慌てて追いつく。そんなことを繰り返す。

小さな子にナツシロと一緒に見送られてから、何だか淋しくなっていた。

人の温もりを感じたり、自分がどんな人か考えたり、行くあてのない身で考え事が多いと、不安になりやすいのかもしれない。

何れにしろ、暗くなり掛けた時間、私達はまた二人きりだ。

会話もそうはない。

そんな二人がそぞろ歩くのは、家々と塀に囲まれた人気（ひとけ）のない道だった。

実は手頃な一夜の宿を探していた。

昼間は街を彷徨い、夜は空き家の片隅に転がり込む。

毎日がそんな調子だった。

何と、ヒカゲさんは、持ち歩く三種類ほどの針金で、大方の錠前を開けられた。明かり窓から侵入し、中からかんぬきやらを抜いてくれることもあった。

未だに、ほとんど足音を聞いたことがない技といい、本当に暗殺でもさせたら無敵なのではと思えてくる。

いざとなったら、二人で泥棒でもしたらお金持ちになれるかも知れない。そんな不届きなことを考えてから、私は別にいらないのだと思い当たる。

「ヒカゲさん」

「ヒカゲ」

「そうだね、あのね、ヒカゲ」

前を歩く背に声を掛けるが、大した返事はない。でも、聞いているのが彼だ。

「当分、トエ様達が見つからなくても一緒に居てくれる？」

「当然だ」

気弱でずるい匂いのする言葉に、いつも通りの簡素な返事。

「お仕事だから？」

「ああ」

「でも、報酬無いよ」

「それなりには貰ってある」

「でも、もう貰えないかも知れないよ」

お二人がご無事だとしても、宿屋敷を焼失して、これで城が陥落したのなら破産のような気がする。皆で路頭に迷う毎日かもしれない。

お二方もそうだけれど、衣装役さんや他の侍女さん、侍従長をはじめとする侍臣の方々、衛兵さん方、皆、無事でいられたら良いのだけれど、今の私には、迂闊にトエ様の宿屋敷跡にさえ近づくことができない。

何もできずに逃げているだけだった。

ヒカゲさんは立ち止まって、私の方を見た。

一緒に立ち止まる。

暗くて、その表情は判らない。

「あんただって、大して貰っているわけじゃない」

「私は、好きでやっているから」

おいしい紅茶やらで買収されてもいる。

ヒカゲさんは前を向いて歩き出す。

「俺もそうだ」

慌てて追いかけると、いつも通りの声がした。

その言葉の意味を考えていると、不意に前を行く足が止まる。

音がしないので、気づくのに遅れ追突してしまう。

「ど、どうしたの？」

堅い筋肉と肩胛骨に鼻をぶつけてたじろぐ。

離れる時、その背に仕込まれた小刀の鞘に私の指先が触れた。

「敵だ」

躍動の気配。風が鳴るのを聴いた気がした。

呟きを残し、俊足の抜き打ち。

前方の暗がりへ。

音切りの白刃が走った痕跡が僅かに見えた。

「ぐうっ！」

男の、大人の呻き声。

それから、水滴が地面に落ちる音。

何の音か、よく判らなかった。

人が地面に崩れる音がして、ようやく、人の血が滴る音だと気がつく。

「ヒ……」

名前を呼ぶより早く、黒影と化したヒカゲさんが別の暗闇に走る。

もつれ合う足音。跳ねる砂利の音。

攻防。

流石に、僅かにヒカゲさんの足音らしき物を感じる。

今度は声もなく、また一人地に伏した。

ただ、からんと、棒が転がる音が聞こえる。多分、槍が転がる音。

ヒカゲさんは、とんでもない強さなのだと私は知った。狭い路地で暗闇から繰り出される槍を避け、斬り勝つのは桁違いの技量がいる。

槍と剣の演習ぐらいは、遠目に見学したことがあるから、間合いの違いが圧倒的なのは私にも判る。

「ヒカゲさん！　大丈夫？」

「来るな！」

鋭い声に、踏み出そうとした足が止まる。

「血の匂いは覚えない方がいい」

「あっ？」

人の死が、目の前にあるのだと、ようやく理解した。

「戻るぞ」

ヒカゲさんが戻ってきて、刃を持たぬ左手で私の右手を摑んだ。

小走りに駆け出すので、慌ててついて行く。

「どこへ？」

「今のは訓練された兵卒だ。仲間が居る。残党狩りだ」

「そんな、私を？」

そんなはずはない。私が七宮姫だと知られていないはずだと思う。

ならば
「トエ様を捜している？」

あの火付けでは亡くなられていないと、敵方も考えている。そう思い当たる。

「多分」

小さくなっていた気持ちが、急に熱くなる。

生きてく自信が、急に湧いてきた。

トエ様が無事なら、テン様だって無事だろうと、何の根拠が無くても思えてくる。

握られた手を強く摑み直す。

「良かったな」

「うん」

振り返らない一言が、驚くぐらい優しかった。

しばらくして、後方で呼び子が鳴り響いた。

争った跡が発見されたのだろう。

やがて、小径を遡る私達の前に、手差し照明の上下が見えた。

追っ手だ。

無言で脇道に進路を変えるヒカゲさん。

見る見る暗くなる夜道は迷路のように入り組んでいて、どう進行しているのか私には判らなくなってくる。

包囲が早いか、脱出が早いか。ヒカゲさんは黙々と前を行く。

彼一人なら、どうとでもなるけれど、私の足はそれほど早くない。

「圧力だ。市警団を黙らせている」

息の荒い私の気を紛らわそうというのか、何の乱れもないヒカゲさんの言葉。

「多分、琥珀姫の先兵隊だ」

ヒカゲさんの先導が、ゆっくりと止まった。

「何だ。あれ」

ぼう然と、この人にしてはぼう然とした呟き。

「はあ、はあ」

返事をするために呼吸を整えつつ、私は彼の視線の先を見た。

北の淡い空の下に、砂煙が上がっていた。

地平から少し浮き上がる程度で、それほど高さはないが、広範囲に起きている。

「これ……はあ、はあ……兵隊の行進」

切れ切れに言葉にする。
教えてもらったことがある。
低く広がる土埃は、主に歩兵の進軍に見られると。
「数は数千」
ヒカゲさんが呟く。
北からの数千の兵力。北には七宮城と、それを包囲する寄せ手五千。
「常磐軍なのか？」
呻くような呟きが終わるより早く、新たな呼び子。近い気がした。
身近に包囲網が出来始めていた。
無言で私達はまた走り出した。
頭上では、かわほり達が忙しなく暗い茜空に羽ばたいていた。

六節　雪祭（ゆきまつり）　十一月

さっさと逃げろ。

テン様の言葉を思い出す。

食った者勝ちとか逃げろとか、あの人はまるで食い逃げ犯のような人だ。

逃亡の緊張感について行けないのか、私はぼんやりとそんなことを考える。

汗にまみれた身体が重く鈍い。

喉と肺がひいひい言っている。胸の奥が潰れそう。

「囲まれた」

力無く見上げる木立の上から、呟きと共に黒影が舞い降りる。

少し手広い街路の一角。左右には、それなりの民家が高い塀を連ねている。

夜が深くなれば、民家の人々が外へ出ることはそうは無い。夜間の外出が事実上禁止されているような状況でもある。

この夜の市街には私達と、夜警の兵達だけなのかも知れない。

「敵は早い」

傍らに立つ少年の報告。

ここからは寄せ手は見えないけれど、高い位置からは、そうした兵の動きが確認できるらしい。

だけれど、既に私は息が切れていて、舞い戻ったヒカゲさんに返答する元気もなかった。

「あんたは休まないと走れない。ここに居ろ」

彼はそう言うと、私を張り巡らせられた塀の一角に連れ込む。そこには、ちょっとした塀の窪みが設けられてあった。

私の背丈ほどもある水樽が三つほど並んでいる。防火か何かの備えなのだろう。

その陰に私を座り込ませる。

「俺が他の道へと敵を引きつける。あんたはここに隠れていろ」

反論無く頷く。

確かに、私を連れていては、包囲を突破できそうになかった。

ヒカゲさんだけならば、塀や屋根を飛び跳ねて逃げ回ることも容易いだろうと思う。

現に先程の木立への跳躍も、軽々としていたのだから。

「俺が戻る前に、もし敵に見つかったら大人しく捕まれ。あんたの体力はすぐには戻らない。多少の兵が相手なら、俺が助けに戻る方が早い」
下手に逆らって、怪我をするなという意味だと思う。
そうしたら、余計足手まといだ。
「いいか、あんたは俺が護る。テン様もトエ様も必ず見つかる」
そう言い放ち、駆け出そうとする腕に、自然に手が伸びた。
色褪せた袖口を摑むと、不思議そうな目と、目が合った。
「気をつけてね」
情けないほど、これぐらいしか言葉が思いつかなかった。
無言で頷くと、黒影は月光と僅かな街灯りだけの闇に溶け込んで行く。
「……ご免ね」
微かに呟くと、私は何もせず、ただ体力の回復を待った。
じっと、呼吸に集中する。
どうして何もできないのだろう。
ぼんやり思う。
せめて、もっと賢明だったら、もう数日身を隠すことに専念したのに。
せめて、もう少し体力があれば、今頃包囲をかいくぐっていたのかも知れないのに。
それでも、ヒカゲさんはまだ頑張ってくれている。だから、悔いはあるけれど、弱気は見せられない。

ただ、じっと耐える。

膝を抱えた身体は熱く、心臓と肺はまだ激しい。

身体の熱が、少しでも早く消え去ることだけ願う。

そのうちに闇夜に喧噪が走り、やがて遠のいて行く。

誘導は成功したようだった。

ヒカゲさんならば、上手くやれる。不安はそんなに無かった。

ただ、彼が戻ってくる前に私が走れるようになるか、それが恐かった。

私が元気になることで、戻ってくるヒカゲさんを安心させてあげたかった。

だから、息を整えるのに専念する。

もう秋の宵なのだろうか。夜の秋気（しゅうき）で思ったより早く汗が引きはじめ、胸が落ち着き始める。身体の熱が、少しずつ空気へ滲んで行く。

これで、どうにかなりそうだと思い始めた矢先、ちゃりっと、街路の一方から足音がした。ぞくっと、背中に震えが走る。

砂利を踏みしめる密（ひそ）かな足音。

ヒカゲさんが消えたのとは反対方向で、そして、ヒカゲさんならば足音はない。

足音が近づいてくる気配に、私は息を潜め、小さく身を固めた。

聞こえてくる足音は一つで、規則正しくこちらに向かってきた。

ついに、私の潜む物陰から、数歩の距離で立ち止まる。

呼吸を浅くして、ただひたすら耳を澄ます。

「カラさんですね」

息が止まる。

問い掛ける声は静かで、そして何だか優しかった。

覚えのある声、覚えのある呼び方。

嫌になるくらい簡単に、肩の力が抜け落ちた。

そっと、物陰から様子を窺う。

星月夜(ほしづきよ)の下、街路地の上。人、一人。

黒帽子は新調したのだろうか、見覚えのある黒衣が夜気(やき)に溶け込み、端正な白い顔が月明かりに浮かんでいた。

夜会が誰よりも似合いそうな衣装。

月下美人は、穏やかに私に微笑む。

「こんばんは」

「クロハ……さん」

おそらくは偽名だろうけれど、どう呼んでいいか判らずに私は呟いた。

どうしていいか判らないまま、私は物陰から這い出て、黒衣の麗人と対峙(たいじ)した。

少しだけ距離を取る。

彼女は今日は一人ではなかった。

遥か後方の街路口に、四人ほど大柄な男性が整列しているのが見えた。

私達に背を向け、彼女の後方を警備しているようだ。おそらく、彼女の護衛の武官なのだろうと想像する。

以前、出会った日々も、彼等は遠巻きに存在していたのかも知れないが、今まで、予想一つしていなかった。

多分、私の目には、黒の彼女が強過ぎたのだと思う。

「今日は偶然ではありません」

声もなく様子を窺う私に、彼女が口を開いた。

黒帽子をそっと脱いで、左手に抱えると
「迎えに来ました」

そう告げた。

「迎え？」

意外な言葉に半歩下がる。

恐かった。優しい言葉を掛けられるのが。

「トエル・タウの死亡が確認できず、都市制圧先兵も、都市内通者も苛立っていますから、このような無粋な真似が起きました。このままでは、貴女の身も危険です。貴女が外回りした先の幾つかは、三宮四宮に呼応していますから」

トエ様が敵の手に落ちていないらしいのは朗報だけと、内通者というのは辛い話だった。

「私は今夜、この都市を離れて、一時本拠地に戻ります。だから、迎えに来ました」

「わ、私を？　どうして敵なのに？」

「私の敵は粗暴な野心家達です。貴女を憎く思ったことはありません」

そして、彼女は私に帽子を持たない右手を差し出した。

あの日触れた、細く綺麗な白い指先。もう一度、きちんと触れたくなる。

「ですから、一緒に来ませんか」

恐いくらいに、優しい声。

「一緒に、クロハさんと？」

怯えて、また半歩下がる。

「はい、嫌ですか？」

一歩近づく黒衣。

月光に、その顔の半分がひたすらに明るく輝く。脆い危うさを感じさせ、その癖、穏やかな慈愛に満ちた顔。

気がつけば、それが、すぐ目の前に近づいていた。

まるで口づけが出来るぐらいの身近な距離。

「あっ？」

そっと、細い両腕に両肩を抱かれる。

彼女の左手の先から、私の背中を包むような黒帽子。

「駄目、私、走り回って汚れているから」

慌てて、訳の判らないことを口走ると、彼女の目が優しく細められる。

「お互い様です。私の手も血に塗れています。私達は同類です」

「同類？」

「ええ、お互い独りぼっち。だから、仲間です」

抵抗しようとして、言葉が思い浮かばず、手足の力が抜けそうになる。

そのまま抱きすくめられて、声もなく佇んでしまう。

そっと、黒帽子が私の後頭部を覆い始める。

人の匂い。香の匂い。

この人らしく、気高く優しい匂い。

何もかも、力を無くして委ねてしまいそうになる。

疲れが癒されてしまう感覚。

「今なら、私の手で逃がして差し上げられます。無事に生き延びてから、お互いのことを考えましょう」

不意に、逃がしてくれるという言葉を聞いた時、ヒカゲさんの顔が思い浮かんだ。

別れ際の言葉。

瞬時に頭の中を走る人達。

それはトエ様やテン様、お城の人達で、街であった人達で、だから、身体に力が戻る。

「駄目っ！」

突き出す両手で拒絶して、私は優しい腕から逃げ出す。

クロハさんは、怒らなかったし、驚きもしなかった。

ただ、黒帽子が、その足下に静かに落ちていた。

力無く右手を下げ、左手でその二の腕を握りしめている黒影。

そして、淡く微笑み
「行くのですか、どうしても」

静かに訊いた。

何だか悲しい問い。

私は頷いた。

「私には私の居場所があるから、帰る場所があるから、だから……」

声が詰まる。

「私にはその黒帽子は似合わないから」

もう言葉が思いつかなかった。

「そうですか」

屈んで手にされる黒帽子。

長い黒髪で月下の世界に影を揺らせ、彼女はゆったりと身を起こす。

「ねえ、カラさん。貴女の擁立者達はどのような方々ですか？」

夜の世界を従えたような立ち姿が、私に問い掛けてきた。

「え？」

「トエル・タウと、テン・フオウのことです」

どう答えていいか、混乱してしまう。

でも、答えないといけないと思う。

トエ様もテン様も、嘘ばかりついていたけれど、いつも私の問いに答えてくれていたから。それに、目の前のこの人も、不思議なくらいに誠実だったから。

私は、いつも誰かに問い掛けていて、いつも、言葉をもらっていたから、だから、答えないといけない。

「あの人達は、嘘つきで、ずるくて、強くて、たまに優しくて、たまに残酷で」

変なことを口にしながら、頭の中を思い出が走る。

名前はと訊かれた。

お姫様をやれと言われた。

テン様がけらけら笑って、トエ様が苦笑したりする。問い掛けるのが私。

何でも出来そうな人と、何でも知っていそうな人。何でも知りたかった私。

大事な物なんて無いのでしょうと私が訊いた。

あるぜ、一つだけ欲しい場所がと、背高さんが答えた。

始めた頃の記憶。三人で。

「だから、憧れて、背伸びして、追いかけて追いかけて」

何を言ってるのか判らない自分。

教えてやろうか、そいつはなと、秘密のお話。

楽しそうな二人組。

その中に入りたかった。だから。

「悪い人だけど、ずるい人達だけど、私の一番大切な人達です」

記憶の中で、心の中で楽しそうな人達が光っている光景。そこに入っていたい。私も、それに、知っていること全部も。それが、幸せな光景の理想な気がした。

「それが、貴女の物語ですか」

黒影が笑った。どこか、私の一番大切な人達と同じように。

「ねえ、カラさん」

もう一度、彼女は私に呼びかけた。

「七姫の物語という物をご存じですか？」

問い掛けておいて、彼女は自分で続きを口にし始める。

「豊かな気候に恵まれて、山と海に守られて、穏やかな歴史に温々と育った世界。東和という土地で、曖昧な慈しみで作り出された七つの偶像」

黒帽子を片手に、彼女は両手を広げ、戯(おど)けた仕草をした。道化役者のような行為も、この人がやると、何だかひどく様になったりする。

「それに、多くの人々が群れました。利権のため、保身のため、愛情のため、夢のため、野心のため、信仰のため、先祖のため、子孫のため、庶民のため、それらは様々です。大半は切実で、大半は悪質でした。外圧という条件もそれに拍車を掛けたのでしょう」

まるで歌詠みのように流れる独白は、穏やかに続く。

「やがて、偶像と、その取り巻きはごく自然に肥大化し、身動きが取れずに腐り始めました。澱んだ血抜きが自分で出来ない方々は、ごく自然に他者と争い、他者の生き血を啜り、曖昧な責任で曖昧な保身を図り始めました」

小首を傾げて、一人舞台の主役は微笑む。

「悪質な物語ですね。まったく」

小さな子供の悪戯を眺めたような口調だった。

「望もうと望まないと、時は流れ、世界は揺れて、移ろう季節の下で、それぞれは譲り合えずに争うでしょう。各自に事情があり、格差があり、それらの都合は淘汰されなければ息苦しく溢れかえってしまうからです」

「貴女も、クロハさんもそのようなお立場なのですか？」

ようやく、問い返すことが出来た。

影色の輪郭は、月明かりを弾く肩を竦める。

「身の上話は嫌いです。ですが、宮姫が背負う背景はそれぞれ大差ありません」

それは、私にも身に覚えがある気がした。腐敗、あるいは怠惰という温床があったから七宮の姫は擁立され、私達は台頭できたのだろう。

「貴女の物語は、いえ、貴女方の物語は七姫の物語の中で激しく逸脱しています。どうでも宜しいのでしょう。実際、残りの六姫のことなぞ、貴女達は」

多分、その指摘は正しい。良くも悪くも、私はあの二人を追いかけているのが楽しくて、あの二人は、多分、あの二人で競争を楽しんでいた。

東和の利害も未来も二の次だった。

ただ、この人だけは、目の前で、まるでお芝居をするように立ち振る舞うこの人だけは私にとって特別なのだと思う。

私は、この人の何もかもが好きだったから。

「あの二人、テン・フオウやトエル・タウが何故、東和の先立つ物語を無視したか判る気がします。六姫の誰かではなく、何故、新たな姫を、貴女を掲げたのか」

透き通る声は一人で続く。

「澱んだ世界が、澱んだ物語が疎ましかったからでしょう。だから、彼女達、あるいはそれに群がる彼等達に、ことごとく抵抗している」

彼女は一息ついて、それから、目を細めて私を見つめた。

「少し、羨ましいです。貴女が」

「だったら、クロハさんこそ、クロハさんこそ、私の側に来てくれればいいのに」

心底、本当にそう思った。もしかしたら、この人は私より、あの二人に近く、もしかしたら、あの二人以上かも知れない。

だって、この人は私にとって理想のお姫様そのものだったから。私がいつも思い描く、理想の姫殿下みたいな人だったから。

私の言葉に、クロハさんは笑った。私が予想したとおりに、躊躇いのない笑顔で。

「私の目的は東和の、世界の整理です。疎ましくない営みが出来る相応なる世界。違うのでしょう？　貴女達の夢はもっと愉快な劇でしょう」

お別れが近づいているのだと、何となく判った。

だから
「もっと、お話ししたかった。好きなんですよ。クロハさんのこと」

素直に呟いた。

「私もです」

鈴が鳴るような屈託のない声が応じる。

「貴女のお話好きですよ。そして、割と、私は私のお話が気に入っているんです」

多分、こう笑う。そう思ったとおりの表情で、そう思ったとおりの物腰で、彼女は告げた。

だから、何だか泣きそうになった。

「カラさん。お互いの役へ戻りましょう」

お芝居は終わったと声色で告げて、鍔の広い黒帽子を胸元へ寄せる。

軽く埃を払うと、深く被り直す。

僅かに少し俯いてから、顔を上げた彼女は私の背後を指さした。

「貴女のお迎えです」

静かに告げる。

振り向いた先には、少し離れた所に十字路。そこに、僅かに肩を上下させる灰色と黒の少年が立っていた。

来いと、一度だけ、小刀を持たぬ手が招いた。

嬉しくなって、躊躇わずに走り出してから、私は一度だけ背後を振り返った。

月下に浮かぶ麗人は、しばらく立ちつくしていて、ちょうど、私が振り向いた時、その踵を返していた。


近づいてみると、ヒカゲさんの利き腕と右頬に血が付いていた。

「返り血だ」

私が何か言う前に、彼は告げた。

こんなに人を斬らせてしまったというのに、私は優しい言葉に従い掛けたことを後悔した。この人は、いつも真っ直ぐだ。

「ご免ね」

それしか言えない。

「無事ならそれでいい」

変わらない簡潔さが嬉しい。

そのまま、やはりトエ様は無事らしいと話しながら、私達は走り始めた。

頭の端に、あの人の顔を思い浮かべながら。


ヒカゲさんの作ってくれた血路で、ある程度の逃亡は上手くいったけれど、包囲の網は思ったより大きかった。いつしか、じわじわと私達は追いつめられ、結局石段を上り、あの、いつもの高台へと戻ってしまった。

本当に戒厳令が敷かれたのか、夜が満ちた街並みに、一般人は全く見えなくなっていた。

「どうしよう？　私捕まろうか？」

子供だから、上手く行けば、いい逃れできるかも知れない。だけど、ヒカゲさんは無理だった。

手に血の匂いが染みついている。

そして、ヒカゲさんだけなら、この包囲でも闇に紛れるのは難しくない。

彼は返事をせず、逆手に抜いた小刀の血を払っていた。

血糊がつけば、それだけ切れ味が落ちる。

トエ様と豪族の屋敷に行った時、豪放な武人が家宝の武具を見せながら、そんなことを言っていた。

まだ斬る気なのだ。この人。

どんな名人と名刀も、二十人も斬れば叩くしかなくなる。

そんなことも聞いていた。だから、多勢の中で、十人も斬れたらいい方だと思う。

包囲は百人に届くかも知れない。

「ねえ、逃げて。後で助けに来てくれればいいから」

とにかく、ヒカゲさんだけでもと、適当なことを言う。これ以上、敵方とはいえ人も死なせたくなかった。

「大丈夫だよ？　あたし、演技上手いんだから！　恐くないよ」

夜が深くなり過ぎて、あまり表情が読めないまま、私はヒカゲさんに詰め寄る。

「本当だよ？　二年も離れていたから知らないと思うけど、あたし、小さい頃から演技してきたから、今度も騙せるよ。得意なの」

「嘘だ」

返事は早く、短かった。

暗闇の中、表情もよく判らないまま、私達は向き合い続けた。

「どうして？」

聞き返す。

「あんたは不器用だ」

「知らない癖に」

「二年間、一緒だった」

目を見開いても、視界は変わらない。

「必要なかったから、姿を見せなかった。あの城は、たまに密偵。一、二度の暗殺。それが来ただけだったから」

どうして、こんなに淡々と語るのだろう。

淡々な言葉に、どう反応していいか判らないで、かぶりを振る。

「……不器用なの……ヒカゲだよ」

返事はない。

「ねえ、トウキビ、また食べよう。逃げてよ？　ここは何とかするから」

声が震えていた。堪える。

「私、本当は血にも慣れてるし、小さい頃、何度か見たことあるから、人殺しだってあまり気にしないし、ずるいことだって結構知っているし、だから、平気だよ」

今度は、ヒカゲさんが、かぶりを振る番だった。

「常磐軍が来たなら、城に姫が不在だと知れたはずだ」

どうしようもないことを、私はこの人に言わせてしまった。

私のために黙っていてくれたのだと、ようやく気がつく。

「泣くな」

「……泣いて……ないよ」

「俺は夜でも見える」

「そんなの……黙っていれば判らないのに……知らない振りしてよ」

「そうか」

「……そうだよ」

呼び子が規則的な音を繰り返すのが耳に届いた。高台を囲んだ包囲が、完成したようだった。手持ち照明の光が無秩序に夜の木々を照らし出す。

さらに、北からの軍勢は北門を怒濤(どとう)の如(ごと)く通過し、都市に入って来ていた。

北門の警備など、紙のような物だったのかも知れない。

背中合わせに立って、私達は西と東の階段口を見つめあった。

広場の中央。

「トウキビ食べようね」

背中越しに頷く気配。

包囲が一斉に、石段に取りつき始める足音が聞こえた。

突如、喚声が起こり、乱れた。

「何？」

怒号らしき声が、下方で起きる。

馬の嘶き。肉と武具のぶつかり合いの音。北からの軍勢が、包囲陣と接触したのだと気がつく。激しい感触が響いて、夜の木々に潜んでいた鳥達が逃げ出す。

「まさか……」

ぶつかり合う人の群が争う喧噪。視界には見えなかったけれど、そうとしか思えない乱れた狂騒の限り。

高い鋼の音。金属のぶつかり合いが続く。

身を少し離して、二人して顔を見合わせる。

何も言わないけれど、言いたいことはお互い判った。

掃討。

百に満たなかったろう包囲陣が押し潰され、算を乱して散ってまでの時間は、本当に瞬く間だった。

戦闘はすぐに終わったようだが、軍勢を止めるのは倍の時間が掛かった。

「おーい、トエか？　カラカラか?!」

東の石段の下から、軍勢のざわめきを抑える大声が届いた。

この声は、この言いぐさは、あの人しか居なかった。

「テン様！」

駆け出す私。

罠かと思ったのか、その前に出ようとするヒカゲさん。

そして、石段の最上段に立ち、私は眼下を見下ろした。

百を数える騎馬の軍勢が周囲の道を押し潰すように溢れかえる中、松明に囲まれた騎馬隊から進み出てくる長身。

装飾の多い革鎧を脱ぎ掛けた姿は、懐かしいとさえ言える人。

片手の馬上槍を地面に突き刺し、その人が胸を張ってみせる。

「よっ、待たせたな」

「テン様!!」

階段を駆け下り、そして、最後の数段を飛び越えて、変わらない胸に飛び込んだ。

走りづけた汗の匂いと、鎧の匂い。それと、帷子に焚き込んだ香の匂いがした。

血の匂いに混じって。

しばらく、私は声も出せずにそのままでいたし、テン様もそれを受け入れてくれた。

「よしよし、いい子にしてたか」

場違いなぐらい優しい声で、私を抱きかかえて、顔をよく見せろと言う。

「トエとはぐれたか？」

うんうんと、私は大きく頷く。まだ上手く声が出せなかった。

この人が変わらないのが、ただ嬉しかった。

見たところ傷はないようだった。返り血を浴びているのだろう。

「ヒカ、よく働いた」

泣きそうな私を豪腕であやしながら、テン様は階段半ばに立つヒカゲさんに声を掛けた。

「姫殿下の大切なお側づきを護った功績。この東征が確かに見届けた。お前達の証言が七宮の城で待つ姫殿下に大義を与えよう」

頷くと、ヒカゲさんは階段を上り始め、そのまま姿を消した。

「隠れて援護が奴の本来の仕事だ」

私が訊くより早く、テン様が私にだけ聞こえる囁(ささや)きをした。

「将軍、今の小僧は？」

テン様の馬廻(うままわ)りが側に寄ってくる。騎馬兵の筆頭たる有力な方達。

「トエが飼っている情報屋だ。姫様が可愛がっている見習いを保護してくれた。手当をはずんでやらねばな」

周囲はそれで全て納得顔をする。何の澱みもなく嘘を並べるのが、この人らしかった。

いつもの様子に、何だか私が落ち着き始めた時。

戦笛が激しく鳴り響く。

「何？」

テン様の呟きを掻き消すように、遅れて鬨の声が、市の中心方向から挙がる。

「何事か！」

テン様の叱責。

「敵襲！　歩兵部隊！」

物見の兵が声を荒らげて、私達の陣を駆ける。

「数は！」

問いただしながら、両手で抱えていた私を片手だけに変え、自分の馬へ戻るテン様。

「数四十。装備は大弓と長槍。囲んで馬を潰す陣形。四宮の制圧先遣隊」

私達に告げたのは、いつ舞い戻ったか灰色の少年。

「早い。流石、情報屋」

心地良さげに応ずると、私を抱えたまま、馬に飛び乗る。

とんでもない膂力と、格別な手足の長さが並みの騎馬兵と違う真似を許すのだろう。

この人の強み。

「軽く突破するぞ。北門より外へ走り抜け、後発隊と合流。多勢をもって巻き返す」

テン様が命ずるや、私を自分の鞍の前に乗せた。

こ、恐いよ。これ。

昔、無理矢理鍛錬させられた大人しい農耕馬ではない。荒々しい赤毛の首が、私の身体の下で動いている。馬の熱い体臭にむせる。

嘘みたいに、一際大きい軍馬だった。

「鞍と鬣にしがみつけ！」

言い放つや、手綱が引かれ、馬が前足を上げ嘶く。

ひいっ、地面がどこ？

目の前で首が動いてる。動いてるよ。

馬にしがみつくのが恐くて、邪魔だと知りながらも、テン様の胴にしがみつく。

鎧を着込んでいるように堅い腹筋。

「かあっ、色男だね。俺って。ハアッ！」

軽口を叩いてからの咆吼。そして衝撃。

騎馬が躍動する。

拾う槍を片手に、テン様が一旗駆け。続く馬廻りの方々。

ぎらつく鋼の刃が視界の端を上下し、世界がばらばらに動くのを感じた。

よく、ここから先は判らない。

怪我はしなかったから、馬上から落とされなかったのは確かだと思う。

ヒカゲさんが馬の足を護るため、人並み外れた併走をしていたようだから、落ちても助けてくれたのかも知れない。

市外へ出るまでの、多分、僅かな時間。

私は人事不省だったらしい。

ただ脂ぎり埃にまみれながらも、恐ろしく楽しそうなテン様の顔は良く覚えていた。

戦闘や危機的な状況に酔いしれる顔を。

鬼のようでも悪魔のようでもない。ただひたすら楽しそうな口元を。

ひどく長い腕で繰り出される長槍が、圧倒的な間合いで、立ちふさがる者達を叩き伏せて行く。何故か、そんな、恐いところだけしっかり覚えていた。


市外の野営地で合流を待つ時間。

馬から降ろされた私は水を貰い、たき火の側にへたり込んでいた。

手足がへろへろで、水袋を持つにも、手首の力が上手く入らない。

「平気か」

「うん」

平気だとは思う。私はそういう子だ。

太股（ふともも）から下の感覚がまだ戻らないけれど。

「わりいな、出来るだけ戦闘は避けたんだがな。おめえは後方に下がっていろ。ここは俺の仕事だからな」

兵馬に休息を取らせたテン様はとても気安い。戦闘の刹那以外は、ひどく落ち着いているのがこの人だ。

だから、私は何か悪い夢でも見ていたのかと思うことにした。

そうでないと、頭が戻ってくれない。

「初めから七宮城を落としに来るのは、トエも俺も調べがついていた。あそこを相手に陣を張る位置は俺が一番知っているからな、騎兵で夜襲。兵糧焼いて降伏させたのさ」

テン様は城にいると見せて、伏せておいた少数精鋭の騎兵で奇襲したのだという。

周辺の住民は来襲前に引き上げさせていたから、なおさら、実のある情報が来なかったのだそうだ。

敵陣営は武装を剝がされ、一部は捕虜に、一部はこの軍に編入させ、一部は食料を持たせて返したのだそうだ。

大きくない七宮城では、数千の捕虜は管理できないのだ。

「まあ、普段の放蕩は敵を油断させる芝居よ。うっはははっ！」

けたたましく笑うが、どこまで信じていいかは、いつも通りに謎だった。

先程の戦闘は激しく思えたけれど、あれでも、多分、この人なりに最小限の流血だったのだと思う。快楽的な人だけど、この人の武によって、衣装役さん達も、私も助かったのだ。

「お互いに無事切り抜けられて、良かったと思います」

ありがとうございますが、素直に言えなかったけれど、テン様の大きな手が私の頭を嬉しげに撫でた。

ちょっと、私も嬉しい。

「でも、トエ様の方は……」

こちらに御一緒ではなかった。

「ああ、生きてるぞ」

深刻な私とヒカゲさんに、明るい返答。

「ほれほれ」

テン様が懐から出したのは、小さな紙片だった。

丸められた変形のある物。

「ああ、鳩の」

伝書鳩の足につけられた物だと気がつく。

開いてみると、見慣れたトエ様の字で、歌仙の動向が記されており、私の安否が気遣われていた。

末尾に記された日付は、昨日の物だった。

「良かったな」

ヒカゲさんの言葉に、答えようと思ったけれど、胸が詰まって声が出なかった。

翌朝までに、公称四千、実質二千の七宮軍は都市要所を制圧。

入り込んでいた四宮の手勢を蹴散らし、内通者と思われる要人、一般人が拘束された。

そして、あの宿屋敷の焼け跡で、私はもう一人の大事な人と再会した。

「無事で何よりだ」

「こちらの台詞です」

相変わらずのとぼけた声に、私は泣き出してしまった。

テン様は丈夫だけれど、この人は普通だから、無事なのが何よりも嬉しい。

話を聞いてみると、トエ様は隠していた副業が沢山あり、あの日は、その内の一つに出払っていたのだという。そのまま隠れて生活し、私達を捜していたそうだ。

「予想を超えた動きだった。三宮夏目の常磐は好戦的だが、消極的な四宮鼓の琥珀は、常磐の有利を見なければ動かないと決めつけていた」

トエ様の情報戦は、そう結論づけられていた。

独走する常磐姫に、力関係で、やむを得ず荷担しているのが琥珀姫なのだという。

「琥珀姫は恐い人です。とぼけているだけだと思えます」

私が、あの黒衣の麗人の話をすると、トエ様はため息をついた。

「化かしているのは僕らだけではないということか。危うくやられるところだった」

不明を恥じ入り、長いこと唸り続ける。

「宿屋さん無くなりましたね」

「帳簿は確保している。それで何とでもなる」

この人は建物より、帳面の方がお金の基本だと信じていたから、その辺に未練はないようだった。

「痛いのは蔵書だよ。活版ではない、本物が多かったのでね」

トエ様は珍しくなった肉筆書籍を収集していたそうで、延々と、こちらを残念がる。

「私、服がもう無いんです」

持っていたお小遣いで数日分の着替えと生活品を揃えたら、それで空っぽの財布になってしまった。逃げ回る間に、その多くも無くしてしまった。

本当はもっと真面目なお話をしようと思ったのに、気がついたら変なことを口にしている。だけど、そんな距離が何だかすごく嬉しい。

「ああ、それなら心配ない」

そう言って、トエ様は北門の方を指さした。

「ちょうど、予定通りに来てくれた」

指の先に、朱色の馬車があった。

二頭立ての、大きくはないが、瀟洒な形式をしている。

宮姫だけの公用車。

轍の滑らかな走行音と蹄の音が、私達の傍らで止まる。

密やかな音を立てて御簾が開けば。そこから一人の女性が現れた。

「お久しゅうございます。姫殿下」

降りてきたのは、この人も本当に懐かしく思える人だった。

「衣装役さん」

彼女は私を一瞥（いちべつ）し
「ひどい格好ですね」

言葉とは裏腹に、どこかいつもより穏やかな声だった。

そして
「お召し替えをなさいますか？」

こう訊いた。

「頼みます」

「畏まりました」

お召し替えという言葉の意味は、説明してもらわなくても判った。

私も、少しだけ成長していたから。


白木の湯舟に伸ばす手足。

擦り傷もないけれど、何か重く不自由な感覚が和らいで行く。

柑橘(かんきつ)の子葉が浮かぶ湯の中で、膝を抱えて背を丸める。

一人だけの時。

月明かりの下、同じように座り込んでいた、あの時のように。

あの時は、まるで、偶然のように、あの人が現れた。

もう遠くにいるのだろう、あの黒帽子の後ろ姿を思い出す。少し、胸が痛くなる。

悪い子だ。亡くなった方達のことより、あの背が、あの横顔が、あの微笑みが気になる。

来ませんか。

耳に残る、あの分岐への誘い。違う道が私を誘っていた。

それでも、結局、私は元の場所に戻った。

「だって、選べるのは一つだけだから」

波立つ水面。揺らぐ秋草。

子供の頃、見上げたのは連れ立つ背中。私は手を伸ばした。

だから、此処に居る。

半端だと、あの背に追いつけないから。この道を行くしかない。

いつか見た夢が、まだ続いているから。

「もう一つの私。いや、違うのかな。七つの私。違う場所で、違う選択を背負った私」

声に出してみる。

声が籠もる。湯の香りが揺れる。

「命月から始まって、雪終、息吹、櫻帰、緑渡、水面、空澄、高夏、早風、名無、雪祭、終月、十二の詠み枝葉、時言葉」

詠み名、異称。巡る季節、亘る月日に人々が求めた淡い価値。

「黒曜、翡翠、常磐、琥珀、浅黄、萌葱、そして……」

それは季節の名の一欠片。私が始まりに与えられ、受け入れた名。


湯浴みを終え、肌を整え、髪を梳き、大鏡に裸で向かう。

場所は玉水府、本殿。

貸し切って、仮宿舎にしてしまった。

大きな騒乱が続けば、大方の禁忌は破れると、補佐の職務にある人が語った。

禊ぎのお時間お守りしますと、将軍職の人が誓った。

広い、祭霊への祭祀舞台の上に、私と衣装役さんが居る。

古木、霊木で作り上げられた古式造りの舞台は、稀な儀式にだけ使われる空間で、人の匂いが薄く、その分、木材の香りが香しい。

締め切られた本殿の奥。裸の私を衣装役さんが眺めた。

「少しだけ、成長なされましたね」

変わらない口調に、躊躇わずに頷けた。

「皆様方は、お気づきにならなかったのですか？　貴女様が姫殿下であられることに」

背中の肌に香油を塗り込みながら、衣装役さんが訊いた。

「ここに居た私は、姫殿下ではありませんでしたから」

　考えなくても、言葉が出た。

「何も知らない女の子でした。本当に何も知らなかった女の子でした。トウキビがおいしいって知ってるだけの」

　何を言っても、この人は全部聞いてくれる。

「テン様が好きで、トエ様が好きで、それから、自分が好きで、ヒカゲさんが好きで、クロハさんが好きで、トウキビが好きで、夕焼けが好きで、うたた寝が好きで、そうした他愛のないことが好きな女の子でした」

「次は胸です」

「世の中とか少しだけ知っていて、ほとんど知らない子供でした」

「足を開いて」

「楽しかったんです。本当に色々なことが、永年(ずっと)」

「着付けに移らせて頂きます」

「色々な人に会いました。私と違う人達、素敵な人にも出会いました」

「お顔、綺麗になりました」

「ありがとう」

　白無垢(しろむく)の羽織と、同じ色彩の、裾が広く長い古式姫装束。帯は夏帯から秋帯へ、帯色は祭祀用の朱。

　鏡の中で、ようやく様になる。

　宝玉、貴石、各所に取り付けられて行く。

　髪を真っ直ぐ後ろに揃え、銀の鈴紐で止め、耳元の後れ毛に長い付け毛をする。

　胸元まである。

　空澄姫の特長。

　これがなかったから、余計、誰にも判らなかったのかも知れない。

　髪飾りには紅玉と軟玉。

　目を閉じて、合わせ髪を梳かれることに集中する。

　静かな、誰にも邪魔されない時間。

「山裾で積雪が増え始めました」

　衣装役さんの声。続く。

「出立の際、風花が七宮のお城にも参りました」

「そうですか」

　私の声が続く。

「早いのですね。今年の雪祭」

「はい」

そして、髪が梳かれ続ける。

静かで、それが尊くて、それがもどかしくも感じられる時間。

やがて、その手が働きを止める。

「目を開ければ、そこに姫殿下がいらっしゃいます」

背後で静かな声。

「宜しいのですか?」

私に逃げ道をくれる。

この人はすごく優しい。

カラさん、貴女は普通に生きた方が幸せになれます。

もういいよ。

優しさはいっぱい。もういい。

「構いません」

衣装役さんの手が離れ
「終わりました」

告げて、数歩の距離を取って行く気配。

目を開けば、そこに、十二歳のただの女の子は居なかった。

驚くほど神聖で、透明で、素直な、白い姫君。

東和七宮　空澄姫殿下。
人は私をそう呼ぶ。

七節　終月（しまいづき）　十二月

しずしずと石段を上る人々を、長いこと私は佇んで待ち続けた。

神僧が、文官が、武官が、民衆が、府中全域に、整然と溢れるのを一人感じる。

両の眼（め）は閉じている。

いつかは雪だったけれど、今は風に舞う落葉と、暖かな秋の陽ざしが私に、そして人々に降りかかる。

やがて、雪が降るのだろう。行く秋の匂いがする、穏やかで、少し薄寒の風。

山繭の飾り旗が、祭司場の四方で揺らめく。

七の字が染め抜かれたその緑は少し眩（まぶ）しいのだろう。耳と肌で風を知り、そんなことを思う。

長い長い時間、私は身じろぎせず立ち続け、やがて、定刻を示す鈴が高台から全域へと流れた。階段の上から下まで立ち並ぶ神僧達の手で、秋風を受けるように金色の鈴が鳴らし続けられ、そして、一斉に止まる。

ゆっくりと、私は目を開き、予想どおりの人の群を静かに眺めた。

溢れるような人々が、私の挙動に小さな声を洩らす。

どよめきを受け流し、私は祭壇の上に立つ。

そして、四宮姫が居る、やや南よりの東、鼓都市の方向を手差した。

ここからは広い平原を挟み、肉眼では霞んで見えない都市。

「集いし、民と祭霊に、変わらぬ四季世の巡る一時に感謝します」

私の声がする。

私で無いかのように。

紛れもない私の声で。

「我ら歌仙の民はいわれない圧力を受け、四宮、三宮に虐げられた日々を過ごしました。元々は、同じ祭霊の加護を持ちながら、私達は違う土地、違う空間に息を紡いできました。吐息の紡ぎが大気の繋がりでありましょうに、距離感が熱と熱の違いを生み、彼等は互いの繋がりを信じられなくしました」

数え切れない人達が玉水府を囲み、石段の最上段。祭祀の舞台に立つ私を注目していた。

九十九段の上、あるはずのない百段目に立つ私を。

「琥珀姫は大気と大地と人の遊離に不安に怯え、傲慢な常磐姫に、その名の由来足る貴石の魂を譲りました。貴石とは彼の人の命の欠片です。琥珀姫は欠損した魂を持ちながら、四季世紡ぐ現なる世界と契約し続ける姫皇女です。七姫の中で、今、最も、哀れな脆弱さを持つ人間です」

私の知る黒影は違うけれど、嘘をついている気はしない。

秋気に乗る声に躊躇いは見つからない。

「脆弱な魂は広げてはいけません。それは祭霊を汚し、人を汚し、街を汚し、歴史という、私達の四季世の紡ぎを血潮と涙で濡らすでしょう」

与えられた言葉。それから、実感した言葉。

侵略された歌仙が、血を流した民が求める言葉。戦いを呼ぶ言葉。

望まれた言葉は、とても重くて、私の声なのに、そう聞こえない。

誰も何も言わずに公式な戦争は始まらないから、歌仙の姫が始める代表者となる。

七宮の人達が望む役を、ここで契約した私が、この地の守護姫の役をやる。

宮姫として、ここからの公式な責任者になる。

他の宮姫達も、あの人もこうしているのだろうか。

私は生まれて初めて語り紡ぐ。

「私達、歌仙の民の血で四宮の魂は汚れています。紡がれし人々の上に立つ資格などありません。皆様方にもお判りでしょう」

見渡す人々は、恐いくらい真摯に耳を傾けてくれる。

静寂が世界を包んでいても、声が届く距離には限界がある。

どこまで、私の声は届くだろうか。

そして、何処まで届かなくても効果があるだろうか。

小さな頃の私を、遠目に見たという人々を思い出す。

あれから、三度ほど、四季世は過ぎたけど、また幾度も四季世は続いて行く。

私は、私達は、何度、四季世の紡ぎに吐息の紡ぎを交わせるのだろう。

「全軍、全人民の魂をお借りいたします。魂と言葉と力と命。全てを奉り、攻勢に出ます」

宣言する。

「全軍総攻撃。理なすまま鼓の四宮姫を高台より引きずり降ろします」

歓声が上がった。

将軍の指図した軍勢に、そうでなく、言葉が届いた民達に。

そして、届かなかった人達にも。

広がる。

津波のように。

雪崩のように。

炎のように。

四季世に流れる時のように、決して止まらない大河のように。

四宮　琥珀姫殿下の許へと。


「えらくなったじゃねえか」

舞台から降り、本殿奥へ引きこもると、誰よりも早く声を掛けてきたのは東征将軍テン・フオウ様だった。

ここは不浄寄せぬ場所なので武装はなく、儀式用の直垂を纏っている。

その胸には、空色の地に緋色の炎があしらわれた紋章。私の旗色と、この人の紋。

「もうカラカラじゃないな」

けらけらと笑う。

「はい」

頷く。

「でも、その名前、好きだから覚えていてください。そうすれば、いつか、またそう呼んでもらえますから」

ふふんと、テン様は笑った。

それから大げさに、両手を重ねる武人礼を取って、私の前に片膝をつく。

それで、やっと、私と同じ目線。

「我は姫殿下の武の権化。我が矛、我が剣、我が兵馬は、姫殿下より預かりし物」

不思議なほどに、この人は真摯な眼差しをすることがある。

「姫殿下の名の下、最善の働きと成果をお約束します」

踵を返し、テン様は片手を上げて本殿を出て行った。

すぐに出撃するのだ。

最前線。

そこが、良くも悪くも、この人が好む場所だとあらためて思う。


「台本にはあそこまでなかったはずだ」

トエル・タウ左大臣は、活版印刷用に演説を原稿へと書き写しながら
「どこで覚えた？　あのような言葉を」

ゆったりとした質問をした。

本殿の端、縁側でひなたぼっこをしながらである。

もう人々は退けている。

「トエ様です」

意外そうな顔はなかった。

「ほとんど、私の中はトエ様です。ただ、トエ様の中にはトエ様しかいないけれど、私は私の中に何人かの人達を受け止めました。そこだけ、少しだけ違うだけです」

「君が此処にいることに感謝する」

原稿から私に視線を移し、トエ様は真顔で言った。

「時紡ぐ偉大な祭霊の加護が君にあるといい。僕も、その一部かも知れない」

口数の多い人が、目を細めて、何故か、それ以上は口にしなかった。

その穏やかな顔が、誰よりも優しかった。ときたま、この人のことを、お父さんと呼びそうになるくらい。

そして、お兄さんぐらいにしておかないと怒られるのが、何よりも私の日常だった。

「……」

「何も言ってくれないのね」

回廊の角、相変わらず、無口なヒカゲさん。

「綺麗だ」

「……」

声を無くして、私ははにかんだ。

「ありがとう。本当に」

笑顔で、もう一度
「ありがとう」

心から言う。

いつも通り、反応はないと思った。

だから、帰ろうとすると
「服脱げ」

とんでもない声が背中に掛けられる。

「へ？　な？　何？」

慌てて振り返る。

「いい服汚れる」

いつも通りの簡素な声。

「トウキビ」

どこからか、何本も持ち出してくる。

「早く終わらせて、それからだ」

「うん、約束だから」

ヒカゲさんの手中のトウキビは、遠方から取り寄せたばかりの最上級品だった。


「宜しいのですか」

「はい」

お茶を啜りながら二人して正座して、私達は本殿奥で向かい合う。

お茶菓子は、何と、この人、自家製の羊羹(ようかん)だ。

「結構なお手前で」

「恐れ入ります」

祭祀用の淡い色灯籠。その蠟燭だけの光の下、二人で語り合う。

「この戦いは七宮歌仙の圧勝でしょう。志願兵、義勇兵、傭兵、本軍と合わせて三万四千人」

とんでもない戦争を始めてしまったと、私は背中に汗が走り始める。

だけど、あの時は止まらなかった。

御菓子(おかし)を勧められ、受け取る手が少し重い。

「ご心中、お察します」

羊羹を頬張る衣装役さん。

私も頬張る。

うっ、これは……

「甘すぎました」

先に食べ終わった人の一言。

どうして、こう驚くほど甘い食べ物と、私は縁があるのだろうか。

もしかして、これが祭霊の縁？

実は私、この祭霊という物がよく判らないんだけれど。

人と時の紡ぎ合いという意味らしいけれど、はっきりした枠はないらしい。だいたい、伝統文化なので、元々、口伝なのだから、絶対的な答えも価値も無い。

それが、私達なんだろうと、私の補佐を束ねる人は、いつか笑った。

「三宮夏目と四宮鼓。全軍併せても一万八千、実質動かせるのは一万五千弱でしょう。歌仙も前線に送れるのは三万以下でしょうが」

何せ、今度はこちらが攻め込む番である。

ただし、四宮鼓だけを狙う。

それは私の意志で、トエ様も頷いてくれた判断だった。

二つの都市を一気に落とすのは辛い。勝つことより、勝った後の方がだ。

混乱した制圧は弾圧や軋轢、そして暴走を生むと感じる。

あまり犠牲は出したくはない。もうここへ来るまでにも、多くの方が亡くなっているのだから。でも、攻め返さないと、七宮歌仙は弱腰と見られて、また攻められる。

四宮を落とすことで、好戦的と言われる三宮を封じ込めればとりあえずいい。たとえ、その後の勢いが無くなっても、二つの都市の力は圧倒的だと、彼等が身をもって教えてくれたことだ。

時間を掛ければ、政治経済の面で、向こうから折れる可能性もある。

それを嫌がったのはテン様だ。

一気呵成は、あの人の軍人としての真骨頂なのだ。

勢いで勝って、勝って、勝ちまくるが理想の人である。

「問題は、桁違いの戦力を得た若い将軍です」

テン様。東征将軍の権勢を衣装役さんは気にしていた。

戦っている時の、あの楽しそうな姿を思い出す。多分、単騎でもかなり強く、衆を率いることも群を抜く方。

気分屋だが冷徹な好戦家。

極端な戦力集中を避け、一万ずつ指揮権を分けたため、この戦争には他に二人の将軍を任命した。

拝東(はいとう)将軍と山豪(さんごう)将軍である。これは、歌仙地方における、過去の将軍の名前を借用した臨時な代物で、正式な任命ではない。歌仙都市地方軍の長老格と、神撰で汚職にまみれて、十年も軍事から離れていた軍人家系の豪族。

どちらも何とか行軍が指揮できる程度だと、トエ様が嘆いていた。でも、テン様一人は歯止めが無くて危険なのだ。政治面、資金面での力関係もある。

トエ様自身は中継役で、補給路を担当するので手一杯なのだ。

それと、文と武の役割分担にもこだわりもあるらしい。

「でも、前回は三割もの敵兵を帰してあげましたし、意外に、わきまえた方だと存じます」

「時間がなかった。掃討する間も惜しかった。それだけだと存じます」

二人して、言葉を発する度にお茶を啜る。

「圧倒的兵力が、短期決戦を可能とすれば、被害は少ないはずです」

何れにしろ、そうしなければならないとトエ様が言っていた。秋の収穫期が終わり、軍に人が集められるのは今だけだから。万の軍勢は、そうそう集められない。

冬が本格化する前に、決着をつけなければならない。出来れば、兵力差で圧倒して戦う前に降伏してくれると嬉しい。

「敵が一人ならば宜しいでしょうが、琥珀姫は傀儡(かいらい)です」

この人に、あの黒影との出会いは語っていない。

傀儡にしては、誰よりも鋭い人。私が知る最上級の女性。

何の傀儡なのだろうか。

琥珀姫の背後には、鼓都市の志乃其調和党と呼ばれる行政組織があると聞く。

東和の中央を、中原の北から外辺境と呼ばれる南の僻地まで流れる大河流域。その運搬貿易を司り、莫大（ばくだい）な富を得る人達。

七葉の一つに数えられる一派。

そこに強烈な力や、強靭（きょうじん）な人物が入るのだろうか。

私にとっての、テン様やトエ様に当たる人。

それは常磐姫でも無い気がする。

私が知らない事情が多いのだろうか。それは、まだ判らない。あの夜の独白さえも、一度たりとも、彼女は彼女自身の事情には触れなかった。

「何れにも、事情はあるでしょう。七宮とて、一枚岩ではありませんから」

「強くなればなるだけ、身内の火種も増えます。東征将軍テン・フオウと軍師トエル・タウ。彼等の仲が崩れた時、歌仙のみならず東和は混迷期に入るかも知れません。あの二人は、とても危うい面があります」

この人は、敵よりも味方の方を気にしているらしい。お二人が強くなり過ぎることを危惧していた。昔、あの方々が調子に乗って大きな失敗をしたのを見たことがあるらしい。

「私が前線についていいって……」

「いけません」

強い否定。

「空澄姫は七宮の総力を結集するため宣戦布告の責任者となりました。後は現場に立つ者が責任を取ります。それが、子供にあれをやらせた大人の責務です」

役割分担が大事だと諭される。

「姫殿下を血で汚さぬため、前線は頑張るのです。この活力はそうしたものです」

そして、彼女は最後のお茶を一息で飲み干すと
「士気絶頂の前線で、戦争終結時に姫殿下が琥珀姫を直接処断する意向であると。そうした噂が流れているそうです」

「噂？」

知らない話し。

「おそらく、トエル・タウの牽制でしょう。琥珀姫が凶刃に倒れぬよう、空澄姫殿下の名に血の汚れがつかぬように。そして……」

少しだけ、考える間を取って

「テン・フォウの暴走を考慮して」

静かに、正座のまま礼をする。

「差し出がましい言葉に耳朶を向けられて、心より感謝します」

「いえ、お心遣いに感謝をするのはこちらです。展望が広がりました」

深々と頭を垂れ、私は先に立つと
「ところで一つだけ、教えて頂きたいのですが宜しいでしょうか？」

かねてからの質問をしようとした。

「衣装役で宜しいと存じます」

座したままの返事は早い。

読まれた。

どうしても、名前を聞き出せない。

せめてもと、私は他のことに切り替えた。

「その衣装役が、何故、斯くも見識であられるのですか？」

「そのような者もあるのが、四季世の正道と願うのは特別なことではないと存じあげます」

返事はいつも早く、簡潔だった。

「では、もう一つだけ、愚昧な問いに答えてくださりませんか」

「何事でしょうか？」

私は、以前から知りたかった、もう一つの事柄を訊いた。

少し驚いた様子で、それから、彼女は静かに答えてくれた。

思ったより、彼女はずっと若かった。


四宮への宣戦布告により、目に見えて七つの宮都市、七姫達が動きを見せた。

まず、良識派を自認する二宮鈴真の翡翠姫は和平調停を私に勧めてきた。その書簡は善良ではあったけれど、内容に乏しいとトエ様が握りつぶした。

三宮夏目は常磐姫を筆頭に、侵略者空澄姫に絶縁状を叩きつけてきた。元々、書簡のやりとりさえしたことがなかったけれど、事実上の宣戦布告という意味らしい。

五宮暮瀬は六宮蒔瀬と同盟を強化。浅黄姫と萌葱姫は友好条約で、諸侯への牽制と勢力拡大を目指し始める。

大国一宮神撰だけは、地方の些細な諍いに、我関せずの姿勢をとり続けた。一宮黒曜姫は沈黙を守っている。

「何れにしろ、黙って降伏しない限り、何らかの血は流れましょう」

侍従長さんは沈痛な面持ちで私に告げた。

「それは、七人もの姫が現れた時から決まっていたこと。諸侯、群雄よりは巫女姫の方が慎ましいと考えたのが、元々、不遜な過ちだったのでしょうな」

七姫は、それぞれ、諫かう理由を、始めから背負っているのかも知れない。

「では、御老臣は私に何故仕えたのです？」

府中、仮宮となった本殿で、お城から来てくれた侍従長さんに訊いてみる。

「七人もいれば、どなたかが、善政の道標となりましょう。競い合うことで、磨かれる貴石が、我らが姫殿下です」

「だと、宜しいのですが」

自信の湧かないことを言われてしまった。

始まってしまえば、せめて、無駄な血が流れないことを、祈るぐらいしか出来なかった。

私達の懸念は杞憂に終わる。

そう考えて差し支えのないような情報が、戦争勃発より七日めで府中に届けられた。

琥珀姫からの和議の申し立てだった。

「和議ということは降伏を意味します」

トエ様配下の文官が私に報告をする。

城守として侍従長さん達はお城へ戻り、私の帰りを待つことになると、私の随身は目新しい人で満ちていた。

「この状況では大きな譲歩しか和議の交渉材料はありませんからな」

補佐代理として、府中に上がった文官は先勝祝いの準備をしなければとの話までした。

情報は確からしい。

四日目、前線の一翼、山豪将軍の陣に琥珀姫の第一補佐官自身が親書を持参したのだ。

鼓までの行軍距離は普通で六日。大軍故の慎重さで八日近く掛ける予定だったので、もう少しで交戦が始まる、ぎりぎりの防衛線でのことだ。

その日の内に、中継地から軍師トエル・タウも早馬で呼ぶ軍議があった。

ただ、その後の報告がないのだ。

交戦前より味方優勢。それは気楽な話だが、いかなる内容の和議なのか、見当もつかないし、その後の軍の動きも不明だった。

十日目。

前線より、第二報があった。

初戦に臨んで大勝。

十一日目。

第一報は誤報　連勝。

十二日目
山豪将軍負傷　都市包囲網完成。

何かおかしい。

大部分の人達がそう思ったが、現場との齟齬(そご)は仕方ないと落ち着いた。私達は戦争に馴れていなかった。

何せ、勝っているのは間違いないらしい。

そして、十三日目。

琥珀姫捕縛。姫殿下の指示を仰ぐ。

責任署名はテン・フオウとあり、同じ日付で、また別の書簡も受け取った。

護送させるべし。府中で禁固刑として様子を見よ。

それの署名はトエル・タウとあった。

所見の不統一に、現場で意見が対立しているようだと知れた。

テン様は私に一応の伺いを立てておいて好きにさせろということだろうし、トエ様は現場で政策決定は避けるべきだと考えているようだ。二人とも、強引に自分の意見を通す気はないらしい。

どちらを優先して信じるべきか、そして、戦勝気分の歌仙では、姫殿下の出立をと声が上がっていた。

中継地まで出向き、そこで琥珀姫を迎える。それが、私の選んだ折衷案だった。

そこが自分の役割だと思えた。

即日の出立。

護衛を兼ねた入れ替え兵千人と、ヒカゲさんを伴って。

•

足を進めてみれば様々な情報が入った。

どうやら和議申し立てを検討している内に、突発的に戦端がひらき、二つの防衛戦をテン様指揮の下、我が方が撃ち破ったらしい。

その、あまりの突破の速さに琥珀姫が

『テン・フオウは鬼か魔物か』

と恐怖したという話が、まことしなやかに流れていた。

いささか早すぎる噂だし、あのお二方が士気高揚に流した物にも聞こえる。

ただ大規模な戦は初陣となるはずの東征将軍が、圧倒的な兵力を臨機応変に動かす様は、軍中でも鬼神かと評されているのは確かなようだった。

耳にするところによると、中原の最新の軍規と訓練。組織編成を取り入れているのが良かったらしく、将軍の出身は、やはり中原と噂されているらしい。

本人は訊かれると、伝説の覇王が夢枕に立って教えてくれた等とうそぶくらしい。

どうこうする内、私は実状を誰よりも知るはずの軍師の陣へと辿り着いた。


「これが和議の提案だ」

歌仙から三日ほどの距離にある中継地は、小規模な開拓村の跡地を利用した物だった。四半世紀前に灌漑工事の失敗で放置された土地に、古い収穫倉が残っており、それを補修したのだそうだ。

村の集会場だったという石塔が、トエ様の本陣となっていた。

新しく持ち込まれたのだろう。真新しい円卓で、手渡された書簡は本物だという。

「琥珀姫自身による廃位宣言。三宮夏目との同盟破棄、鼓都市の総意による空澄姫への忠誠宣言、向こう三年間の賠償金、軍備削減、新兵採用の停止……」

悪い内容には見えなかった。

自分への忠誠など、面映ゆいけれど。

「幾つか協議の余地はあるが、第一交渉としては申し分なかった」

トエ様は、伸びすぎた前髪を右手で掻き上げた。

これで講和に持ち込む。そう意気込むトエ様に三人の将軍が反対した。

テン様が煽ったというのが、トエ様の言い分だった。

交戦必至の出鼻をくじかれて、軍の熱が止まらなくなっていたのだ。三人とも、それぞれ軍功を手にしたい思惑がある。

それでも、譲歩を繰り返しているところを拝東将軍の先方が夜襲にあった。よりによって、拝東将軍の一族が指揮していた陣だった。

ここで講和すれば、拝東将軍だけが被害を受けたことになる。

そうした間隙に、今度は山豪将軍の後方が夜襲を受けた。

こちらも、山豪将軍の子息の死を招く。

激怒する二将に、初めから、大軍の指揮に情熱を燃やす東征将軍。

講和は打ち捨てられた。本当に、夜襲の相手が四宮か証拠もなく。

「三宮は四宮の降伏を許さない。自分達の身が、次は危ないからね」

こうして交戦となり、連勝となる。

怒濤の攻めだと、敵味方が異論のない攻勢は、一気に城塞都市と名高い鼓の水際まで届いた。そこで、三宮の援軍が現れ、挟撃される形となる七宮軍。

「テンは、これが狙いだった」

　挟撃してくるのを、テン様は待っていた。包囲を二将に任せ、一軍をもって三宮の精鋭を迎え撃ったのだ。

　攻めに入っていけないのなら、引きずり出して喰えばいい。あの人の考え方だと思う。

　兵力は互角。数は七宮、騎馬は三宮が上。テン様は最初から三宮戦を想定していたから、馬止めの備えで見事な勝利を収めるに至った。

　猛攻に敗走する三宮夏目を、随一の勇将が率いる軍勢だったと、あの人は触れ回った。

　敵を褒め称えることにより、その上を行く自らの力を誇示する東征将軍。

　三宮の援軍が目の前で絶たれた。それが、四宮に動揺を与え、そして、

「その日の夜、鎖に繋がれた琥珀姫が城壁の上から引き落とされた」

　琥珀姫捕縛の意味は、こうゆうことだった。

　鼓は陥落していないのだ。未だ、籠城をしている。

「ひどい話です」

　いたたまれなくなる。

「救いなのは、何人かの兵卒、側近、市民が姫と供にいたいと投降してきたことだ」

「それで、琥珀姫殿下はどちらに？」

「もうここにいる。この部屋の地下室だ。出来るだけ、人の目に触れたくないそうだ」

「僕はここにいる」

地下室の階段口で、トエ様は座り込んだ。

「随分と嫌われているのでね」

私は、ヒカゲさんと二人だけで、地下室の階段を下りた。

地下牢代わりの空間は、そのまま土壁の粗末な造りだったが、案外に奥行きが広く、廃墟になる前には、居住にも使われていたのだろうと思えた。

その一角、彼女は運び込まれた寝台の上で、こちらを向いて座り込んでいた。

長い髪が、淡い照明の下、ざらついた印象を与える。

鼻梁の通った顔立ちは華やかで、だけれど、ひどく疲れた様子だった。

簡素な水衣姿は、私の来訪を待っていたようだった。

「貴女が……四宮？」

気怠い雰囲気に、声が控えめになる。

「七宮の空澄か？　お初にお目に掛かる。四宮琥珀である」

思ったより、しっかりとした声。姫殿下として振る舞っていただろう日々を感じさせる声。

だけど、違った。

「どうなされた？　このような格好が目障りか？　許されよ」

じゃりっと、金属音。

持ち上げた彼女の両手には、鎖こそ自由の利く長さだが、無骨な手枷が填められていた。

「違う……あの人……琥珀姫じゃないんだ……」

ヒカゲさんを見ると、静かに頷いてくれる。

「だって、この人の髪、肩までしかない。あの背中を覆うような長い黒髪じゃない」

黒衣の影と、目の前にいる女性は別人だった。

全くの別人。美人なのは一緒なのだけれど、この人は温かく柔らかい美しさで、あの人は他を寄せ付けない鋭い美しさ。

年格好さえ違う。この人は、私より四、五歳は上だろう。

私の不用意な言葉に、琥珀姫が眦を顰めた。

「なるほどな、貴女も会ったのか……あの女に」

「知っているの？　クロハさんを」

意外な言葉に、私は彼女の側へ足を進めた。

「そう名乗ったのか。あの女」

複雑そうに表情が引きつっていた。

「黒い羽、いや、黒の玻璃だろうか。その遊び名に当てられた文字は」

琥珀姫は私の興奮を受け流すように、俯いて別の方向を向く。

「あれが来てから、あらゆる意味で雲行きがあやしくなった。それまでは、それなりに上手くやっていたのにな」

遠い過去を見る目で、寝台の角を見る。

「常磐もあの女に、たぶらかされたのかも知れない。今の常磐は歯止めがない」

「何なの？　あの人は誰なの？　教えてください！」

見えない苛立ちに興奮すると、琥珀姫は私の顔を見上げた。

静かに、私の年齢を確認するような観察。

そして
「お友達になれると思ったのか？」

まるで全てを悟った、老人のような声を出した。

急に、彼女の体から力が抜けたような気がした。凛と張りつめていた彼女の空気が淡く散った感触。

「私もそう思った」

静かに続ける琥珀姫。その声も、ひどく穏やかな色をしていた。

「でも、違う。誰もあの女の友人にはなれないの。あれは、孤独で、それを楽しむ人だから。私達とは違った」

判らないと、私は首を振る。

諭すような声は続く。

「彼女も七姫の一人。七姫の中で、最も聡明で、最も強くて、最も孤独で、最も悲しい女。東和一宮　黒曜姫殿下」

琥珀姫は、淋しそうに微笑んだ。

「旧王都神撰に君臨する、七姫最大勢力を持つ女。それが彼女よ」


「どちらへ、姫殿下？」

「紅茶を用意します。琥珀姫と過ごすために」

地下室からの階段の途中、私の補佐役は澄まし顔で余所行きの言葉づかいをした。

「訊きたいことがあります」

私が真面目な顔をする。

「神撰の黒姫（くろひめ）のことかい」

帰ってきたいつもの顔、いつもの言葉づかいに頷く。

「修学しているだろう。東和一宮黒曜姫殿下。七姫の長女。本来、彼女が東和のただ一人の姫だった」

少しだけ、考えるような顔をして、トエ様は続ける。

「聡い子だよ。聡すぎるかも知れない。それ故に疎まれてもいる。彼女の血が淡く、彼女の生まれが遅すぎたため、諸勢力が乱立する隙があった。僕らを含めてね」

肩を竦めながら、遠い目をする。

「いや、神撰という、最大の力と長い系譜を持つ都市を基盤に持ったのが、彼女の不幸かも知れない。僕やテンが入り込む隙のなかった古都は、その大きさと歴史故、腐敗が激しく、どうしようもない面を持つのだからね。田舎で成り上がった僕等のような余裕は彼の地では望めない」

伸ばしすぎた前髪を指で掻き上げ、口元だけで笑う。

「だから、自分で動いている。諸勢力を排するため、そして、取り込むためにね。おそらくは、こういうことだろうね」

「口説かれました」

「同士が欲しかったのだろう。あの子も辛い立場だ」

複雑な顔をしながら穏やかに続ける。

「彼女が自分で動いているのは、それだけの人物であると同時に一人と言うことだ」

「最大の力を持つ方なのにですか」

「それ故にさ」

そう呟いた時、この人は、この人らしい顔をしていた。

「君が此処にいることに感謝しているよ。つくづくね」

もういいだろうという口調で立ち上がり、トエ様は右手を私に差し出した。

二本指の先に挟まれた小さな紙片。文のようだった。

「彼女が導いた現実もあれば、僕らが築いた現実もある。前線からの早馬が届けてくれた。今頃、鼓は陥落しているよ」


私が琥珀姫と初めて対話した頃、テン様は隣接する大河からの水路を破壊し、鼓を降伏させていた。

鼓は大河支流との共存に生きる街で、それを失うぐらいならばと、強硬派と市民に内部対立が勃発したのだ。既に、大河と契約した琥珀姫を差し出した人達だ。心理的な行き詰まりは激しかったのだろう。

歌仙側の入城は、一部では歓迎されたとも伝わる。

テン様は略奪を禁じ、整然と強硬派の指導者層を公開処刑。

城壁の要所を破壊すると、鼓軍のあらゆる武器を没収して、全軍退去した。

あからさまな、三宮夏目都市への挑発だった。

三宮が無防備な鼓に手を出せば、世間の誹りをもらい、さらに兵力分散の愚を犯してテン様に攻撃の口実を与える。

暮瀬、蒔瀬、そして神撰が手を出してきても、テン様自身は痛くもなく、新たな戦略の大義名分を手に入れられる。

「これで、トエにもカラにも言い訳できるな」

退却時、けらけらとした笑いに混じり、こんな独り言があったという。

そして、この戦いの活躍で、テン様は武人として、その名を天下に轟かせた。


「気がついたら、身動きが取れなくなっていた」

何度目かの琥珀姫の独白。

「氾濫する大河を抑えるように、あの街を押さえたかった。無駄に経済力を浪費する虚しい街を」

トエ様はもう忙しく、今は私と、部屋の隅に控えるヒカゲさんだけだった。

「人の欲は止まらない。近隣の夏目は経済の負けを軍事力の誇示で補い始め、お互いに無干渉ではいられなくなってしまった」

　救われない事情。

「新興の歌仙に双方の不満をぶつけて、その連帯感で両都市の仲を睦まじくする。それが、四宮鼓の処世術だった。その仲介を、あの女がやった。最大の神撰には逆らえないし、暮瀬、蒔瀬、鈴真は地理的に遠く、同盟の価値も薄い」

　淡々と、どうしようもなかったと、人ごとのように語る彼女には、もう何の力も残されていないようだった。

　美しかった容貌も、疲れの深さで、ひどく色褪せて見える。

「でも、名高い一宮が何故、このようなことを」

　あらためて、事情を訊いてみる。

　琥珀姫は何か考えがあるようだが、それには答えなかった。

「私より、空澄姫の方が彼女に近い。貴女が考えなさい」

　その言葉は意外だった。

　琥珀姫は、私の動揺に苦笑した。

「テン・フオウは恐ろしい男だった。トエル・タウもだ。私には、毒を身近に置く器量も、魂もなかった。琥珀は自分より大きな物を内包できないから」

　苦笑は、淋しい物になる。

目的のある人の苦笑は強がりで、目的のない人の苦笑は淋しがりなのかも知れない。

あるいは両方だろうか。

「敗者に出来ることは、敗北を真摯に受け止めることだけだ。それが、失った部下達への慰めにもなる」

言いたいことが言えて、肩の荷が下りた。

どこか、そんな様子だった。

「今後、私はどうなる？」

琥珀姫は鎖を玩んで訊いた。

「大河支流の、遥か下流に流そうと話が出ています」

「そうか、流罪の僻地か」

彼女は寝台に身を沈めた。

「疲れた。休ませて欲しい。静かに」

鎖が音を立てる。

鼓の民が付けた鉄枷(てつかせ)を、彼女は外そうとはしなかった。

そっと、私はその場を離れ、小さく礼をする。

そして、控えていた灰色の人影を伴い、立ち去ろうとした。

「七宮の姫」

小さな呼び声に立ち止まり振りかえると、手元の鎖を玩ぶ琥珀姫の口元が動くのが見えた。視線は鎖に向けられたままだった。

「お気づきか、空澄姫殿下。貴女の為(な)したこと？」

何のことか判らず、言葉を待つと、ゆっくりと私に向けられる苦笑。

「貴女は私に何の興味も無いのだな。トエル・タウも、あのテン・フオウも、黒曜姫殿下もそうだった」

悲しい苦笑。

「私は私のことで手一杯だった。それが私の現実だった。夢を見る力さえ、そうはなかった。きっと、常磐もそうだった」

掛ける言葉が見つからない。

「笑わないか、空澄姫殿下。私は貴女や黒曜姫殿下と一緒に……」

声が掠(かす)れて、それから、琥珀姫殿下は瞳を閉じた。

しばらくして
「お健やかに、四季世豊かに、恙なくあられますよう」

それは、お別れの言葉。

「琥珀姫殿下も、恙なく四季世をお過ごされますよう」

悲しいことに、それだけしか、本当にそれだけしか、私は彼女に何も求めていなかった。

それが、彼女の言葉の意味だった。

やがて、時期が来て、私は歌仙に戻ることになり、彼女は流罪の船に流され、その後、あちらからの音信はなかった。

ただ、彼女を慕う鼓の民が、後年、何百人も、その流罪地へ入植して行くことになる。

やがて、その地は大きく発展することとなる。

終節

秋が行き過ぎても、冬空はまだ浅く、高く澄んでいた。だから、立ち止まって見上げる。

それから、目を閉じる。

「どうした？」

少し距離を取った、背中からの声。

「あのね、空、眩しいから、目が痛くなっちゃった」

外へ出て、まだ少ししか時間が経っていないから。

「そうなのか」

「うん」

人払いされた陣の中庭。二人きりでぼんやりと立ち続ける。

目の奥が熱い。

「空って高いんだよね」

痛くなった瞼（まぶた）の下、青く広がる景色を思う。

薄い筋雲は柔らかく広がり、遠くまで広がっていた。

高すぎて、澄みすぎて、広すぎて、穏やかに恐くなる光景。

鮮やかに瞳が映すには、光が強すぎる時間。だから、それが綺麗だった。

遠くで鳥の声。

「あんた、気がつくと空を見るんだな。上ばかり見たがる」

珍しく、自分からの言葉を発するヒカゲさん。

「うん、私、空姫さんだから。好きなんだよ。眩しくても空が」

瞼を開いて、瞬く。

まだ瞳は少し痛く、思うほど空色の視界に馴染めない。

それでも、空の色を眺めていたいと、こうして居たい思う。

ぼんやりと、そんな時を過ごす私に、ぼんやりと付き合ってくれる人が背中の向こう。

空の色、薄く広がる雲を眺め続けながら、色々と、色々と考えたりする。

しばらくすると、背中から
「上見ていろよ。そうやって。あんた、空背負って笑うのが一番似合うから」

付き合ってくれた人の、いつも通りの声。

「本当？」

問い返す声が笑っちゃっている。だって、この空は大きくて、私にとても大きくて仕方ないから。どこまでも続くから。

いつも通り、ヒカゲさんの返事はなかった。それでいいかなと思う。

「やってみるね。多分、私、この役好きだから」

見上げるのを止めて、背後を振り返る。

いつも通りの立ち姿が、私の笑顔を見てくれた。

歌仙への凱旋のため、軍の再編成を急ぐ中、トエ様は昼下がりに私と本陣の上に聳える塔に上った。

小さな物見の塔だ。

野鳥の住みかにされていたようで、ちょっと埃っぽい。

もう終月。七の旗をはためかせる風は冷たく、私達も冬衣に変えていた。

「七姫は六姫になりました。前進しましたか、私達」

「それなりにね」

琥珀姫の退場により、鼓は宮都市としての地位と力を失った。その分、歌仙は大きくなった反面、他勢力と睨み合いが始まっているらしい。

それぞれに思惑があり、事情がある。一度の勝利で大局が決まったわけでもない。だからだろうか、何だか、この人は満足していないみたいだった。

「嬉しくなさそうですね」

「手こずったのでね」

思い切って訊いてみると、苦笑混じりの返答だった。

私は姫装束だったけれど、今は二人きり、高夏の頃と変わらない二人の空気。

「テン様にですか？」

それとも、琥珀姫にだろうか。

「金勘定さ。思ったより金が掛かる。それに、君にてこずった」

「わたしにですか？」

「思ったより早く大人になりそうだ。大人の女は手が掛かる。もっと子供でいて欲しいな」

「ひどい勝手ですね」

呆れてしまう。

「冗談だ」

トエ様は一人で笑ってから、真顔になって、草木の色落ちた景色を眺めた。

いや、冴ゆり始めた風を見ているのかも知れない。寒波がやってくる前に、早めに陣を退くことを考えているはずだから。

だけど、この人は、そんな時ほど別のことを口にする。

「琥珀はね、弱い子だったよ」

ぽつりと、独り言のように呟く。

「以前、君に会う前、鼓で商売をしたことがあり、少しだけ謁見したこともある」

初めて聞く話だ。

「真面目なだけが取り柄でね、下手に神々しく綺麗だから担がれてしまった。あの頃、僕達はあのまま彼女に仕えることもできた」

多分、この人は私が出会った麗人が彼女ではないと気づいていたのだろう。こういう告白の仕方が、この人の癖。

「どうして鼓に仕官しなかったんですか、二人とも？」

いつものように、トエ様は笑った。

「騙すのが辛くてね。彼女は君ほど丈夫でないんでね」

ひどいと詰め寄ると、何が可笑しいのかトエ様は笑い転げた。

「面白くなかったのさ。彼女はいい人過ぎてね、それだけだった」

どうやら、私はいい人ではないと思われているらしい。

悪いお姫様なのだろう。多分、きっと。

それでもいいかと、少し思う。

「騙し合えるのは幸せなんだよ」

笑い納めに、トエ様は呟いた。

ひどくいい加減に聞こえるけれど、それが私がこの人から直接訊くことが出来た、たった一度の本音だった。


しばらくして、前線から引き上げたテン様とは、遠乗りに付き合う馬上でお話をした。無論、また無理矢理連れてかれたのだ。

厚着をしてきても、風切る大気は頬に痛い。季節の移り変わりを肌で感じる。

テン様の荒馬。その熱い首にしがみついていると、いつも通り、人の頭上でけらけら笑って
「ちっと、琥珀姫はな、美人美人というから期待して捕まえてみたら、人生疲れ切ってんだよ。干物みたいだったな」

何もそこまで言わなくてもいいのに、この人は身も蓋もないことを言う。

「まあ、次の常磐は強いらしいし、人生先は長いし敵は多いさ」

そのうち笑うのをやめる。

「お前は、食って食って食いまくれよ。元気がない奴は、敵でも味方でも面白くないからな」

目が痛くなるような、白い雲さえ眩しい高空を見上げ
「そんでな、世の中、全部、騙くらかしてひっくり返しちまおうな。面白くよ」

どこまでも快楽主義者なのだと、私はつくづく呆れてしまう。

「沢山の血を流してもですか？」

恐い質問をする。

「おめえはそうやって質問している時が一番可愛いな。トエは嘘ついてる時が一番だ」

目を細めて、テン様は続ける。

「そうだな。血を薙(な)ぎ払(はら)って行くさ。俺もトエも、おめえが顔を合わせた一宮の姫もな」

「私もですか？」

「そうしたいか？」

「いいえ、誰の命も、もったいないと思います。誰の血も、誰の気持ちも」

「なら、いざとなったら、俺の敵になれ。トエと二人でも、あるいは、一宮の姫とでも組んでな。俺を敵だと判断したらな」

すごい恐いこと、考えるのが恐くて考えなかったようなことを、楽しそうに口にする人。

「俺は誰の挑戦も受けるぞ。まあ、可愛い女の子は斬らないがな」

「どうして、そんなに戦うんですか？」

この人には怒りも憎しみも悲しみもない。

この人の相方もだ。

「戦う価値がある相手がいるからだろ。競り合えるってのは幸せなんだよ」

何か、どこかで聞いたような言葉。

どうしても欲しい場所がある。

いいか、三人の秘密だぞ。

そいつはな、この世の頂点だ。

あの日、この人はそう言ったのだ。

あの日見た夢。

それは高くて遠くて、とんでもなくて、だから、この人達らしくて。

夢みたいな言葉に憧れて、何も知らずに追いかけて、背伸びして。

結局、いつも、この人が前にいると、私は嬉しかった。元気が空から降ってくるようで、この人が走ると道が増えて行くようで。

だから、これからも、この人に、この人達に、多くの人々が付き合って行くのだろう。

だから、私も演じて行こうと思う。この役をどこまでも。

小さな頃に見た夢は、まだ続いているから。

「おっ」

テン様が馬を押さえ、声を上げた。

「始まったな」

言葉の意味を探ろうとした時、私の頬に小さな冷たさ。すぐに消える。

二人して、空を見上げる。

見上げた空に、淡く震える薄片。

雪訪れて、冬色が世界を包む。

そして、季節が巡る。

あとがき

少年向け小説の理想像が読みたい。

子供の頃、夢中になって図書館に通っていた毎日の目的はそれでした。

これは捨てられない、大人になった時、五年後や、十年後に読み返した時、あの時には気がつかなかった何かが、新しい何かが見えてくる物語。何年も捨てずに取っておいて、ある日、何かのきっかけで読み直して、やっぱり、良かったと思える作品。何度も楽しめる僕達に向けられた物語。それを探していました。

少女向けの小説にはあったかもしれません。でも、少年向け小説でそれを見つけることは出来ませんでした。オーソドックスな児童文学で、近い物を探すしかありませんでした。

漫画もアニメもゲームも満足する作品を探すのは難しくなかった時代。そちらに比べて少年向け小説がとても少なかった時代。それは、まだ、ライトノベルが言葉としても存在しない時代。無い物ねだりで、一人、理想の少年少女向け小説を探していました。

そして、見つけられなかったから、じゃあ、自分で作ろう。たぶん、きっと、理想は誰もが違うから、人様は人様の理想で忙しいから、自分の理想は自分で作ろう。

小説家になりたいの始まりです。

お久しぶりです。あるいは初めまして。高野和です。

第九回の電撃ゲーム小説大賞で評価して頂いた『七姫物語』は、以前、電撃文庫さんで六巻まで出版されました。今回、出版社さんのご厚意と、読者様のご支持で新装版を出させて貰える運びとなりました。大変、ありがたく思っています。

どこまで何が出来るか、良かったら、この後も見定めてやってください。


空澄姫と、東和一宮黒曜姫殿下。この二つの名前を思いついたのは、90年代の前半です。世の中で色々な物が壊れて、失われて、社会と人の価値観が何度も問われる時代の始まりでした。

壊れ気味の世の中で、道に迷いながら作った物語には、その時代の中で感じた多くのテーマを入れました。その辺を楽しんで貰えたら幸いです。

詰め込んだ物語がお好きなら、楽しんで貰えるのでないかと思います。

久しぶりに出会ったカラは、やっぱり、変わらず元気です。

『七姫物語』新装版の読了ありがとうございました。

高野　和

〈初出〉
電撃文庫『七姫物語』（２００３年２月）
メディアワークス文庫化にあたり、加筆・訂正しています。

◇◇メディアワークス文庫

七姫物語(ななひめものがたり)

東和国秘抄(とうわこくひしょう) ～四季姫語り(しきひめがた)、言紡ぎ(ことつむ)の空(そら)～

高野 和(たかの わたる)

2019年1月25日　初版発行

発行者　郡司 聡
発行　株式会社KADOKAWA
〒102 - 8177　東京都千代田区富士見2 - 13 - 3
0570-06-4008（ナビダイヤル）
装丁者　渡辺宏一（有限会社ニイナナニイゴオ）
印刷　株式会社暁印刷
製本　株式会社ビルディング・ブックセンター

カスタマーサポート（アスキー・メディアワークス ブランド）
[電話]0570-06-4008（土日祝日を除く11時～13時、14時～17時）
[WEB]https://www.kadokawa.co.jp/（「お問い合わせ」へお進みください）
※製造不良品につきましては上記窓口にて承ります。
※記述・収録内容を超えるご質問にはお答えできない場合があります。
※サポートは日本国内に限らせていただきます。
※定価はカバーに表示してあります。

Printed in Japan
ISBN978-4-04-912222-0 C0193

メディアワークス文庫　http://mwbunko.com/

本書に対するご意見、ご感想をお寄せください。

あて先
〒102-8584　東京都千代田区富士見1-8-19
メディアワークス文庫編集部
「高野 和先生」係

メディアワークス文庫
君は月夜に光り輝く
kimi wa tsukiyo ni hikarikagayaku
佐野徹夜
イラスト／loundraw
感動の声、続々──！
読む人すべての心をしめつけた最高のラブストーリー
第23回電撃小説大賞 大賞 受賞
大切な人の死から、どこかなげやりに生きてる僕。高校生になった僕は「発光病」の少女と出会った。月の光を浴びると体が淡く光ることからそう呼ばれ、死期が近づくとその光は強くなるらしい。彼女の名前は、渡良瀬まみず。
余命わずかな彼女に、死ぬまでにしたいことがあると知り…「それ、僕に手伝わせてくれないかな？」「本当に？」この約束で、僕の時間がふたたび動きはじめた。
「静かに重く胸を衝く。文章の端々に光るセンスは圧巻」
（『探偵・日暮旅人』シリーズ著者）山口幸三郎
「難病ものは嫌いです。それなのに、佐野徹夜、ずるいくらいに愛おしい」
（『ノーブルチルドレン』シリーズ著者）綾崎 隼
「「終わり」の中で「始まり」を見つけようとした彼らの、健気でまっすぐな時間にただただ泣いた」
（作家、写真家）蒼井ブルー
「誰かに読まれるために生まれてきた物語だと思いました」
（イラストレーター）loundraw
発行●株式会社KADOKAWA

離婚の危機を迎えていた菱見悠人は、気分を一新しようと一人旅を決意。

中古車を購入して1週間の気ままな旅行に出かける。しかし、その車のナビには女性の幽霊が取り憑いていて——「私、殺されたの。犯人を一緒に捜してくれない」と懇願され……。

ひょんなことから始まった、お人好しの青年と明るい幽霊との珍道中。

はたしてその旅の結末は……。

軽妙なタッチで描かれるライトミステリーにして、感涙必至のヒューマンストーリー。